那朵黑云要起飞

A
Wishful
Dark
Cloud

王盛弘——编

蒋　勋　毕飞宇　颜择雅等——著

台海出版社

北京市版权局著作合同登记号：图字 01-2021-5363

本著作物经厦门墨客知识产权代理有限公司代理，由九歌出版社有限公司授权，在中国大陆出版、发行中文简体字版本。

图书在版编目（CIP）数据

那朵乌云要起飞 / 蒋勋，毕飞宇，颜择雅著；王盛
弘编. —— 北京：台海出版社，2023.1
ISBN 978-7-5168-3455-8

Ⅰ.①那… Ⅱ.①蒋… ②毕… ③颜… ④王… Ⅲ.
①散文集 – 中国 – 当代 Ⅳ.①I267

中国版本图书馆 CIP 数据核字（2022）第243420号

那朵乌云要起飞

著　　者：蒋　勋　毕飞宇　颜择雅　等			编　　者：王盛弘	
出 版 人：蔡　旭			责任编辑：俞滟荣	

出版发行：台海出版社
地　　址：北京市东城区景山东街 20 号　　　邮政编码：100009
电　　话：010-64041652（发行，邮购）
传　　真：010-84045799（总编室）
网　　址：www.taimeng.org.cn/thcbs/default.htm
E - m a i l：thcbs@126.com

经　　销：全国各地新华书店
印　　刷：北京盛通印刷股份有限公司
本书如有破损、缺页、装订错误，请与本社联系调换

开　　本：880 毫米 × 1230 毫米		1 / 32	
字　　数：193 千字		印　　张：8.25	
版　　次：2023 年 1 月第 1 版		印　　次：2023 年 1 月第 1 次印刷	
书　　号：ISBN 978-7-5168-3455-8			

定　　价：52.00 元

编　序*

Something New, Something Fun, Something Different

茄子又最擅"吃味"，油煎火燎，浸润有声，若佐以肉末葱蒜辣椒则鱼香茄子，若加上蒜片辣椒九层塔则塔香茄子，若食不厌精、脍不厌细变身茄鲞，则刘姥姥要喊一声"我们也不用种粮食，只种茄子了"；散文呢，最敏感于时代的变迁、袭染时代的气息，而台湾近两三年，散文一类最惹眼的特色，则莫过于"厌世书写"。

相应于台湾"厌世书写"的社经氛围是，自启蒙起即与网络相依存的世代青年，投入职场后，以甚至低于平均线的薪资为核心向外涟漪震荡，无力于现况又无望于未来。没有好工作好收入的"青贫族"、不谙也不耐烦社交的宅男宅女，集于网络地盘，纠众成伙，自我定义为"loser"，厌世，自讽自嘲。其中有无法改变现况的无奈，有自我解嘲的幽默，有另辟蹊径调剂小日子的乐趣，也有别具改写世俗成功定义的用心。

---

* 本文有删减。

　　"loser"并非这个时代所独有，厌世也常见于古典文学，正如"文学是苦闷的象征"这句老话所说，抒发心声以疗愈自我，一向是文字的当行本色、书写的（不）可能的任务。唐代诗人白居易长吁短叹的"饱暖饥寒何足道，此身长短是空虚"，道尽历来骚人墨客的有病呻吟；而去脉络地喃喃复述一句"人生不值得活的"，感觉到底是有人懂我，便也就有了求生的能量。所不同的是，过往"厌世书写"多半更倾向于往一己之内求索，自怜自艾，自我觉醒，但在这个个人主义伸张的年代，厌世不是不想活，正相反地，是想拨开世俗的网罗，活得自在自我，为了在这个提倡积极、团结拼经济的社会，检讨伪善的面目，让人们看见群体之下存在着多少委屈喘息着的个人。

　　尽管我想断然宣称，形式等于内容，散文高下，取决于怎么写而非写什么，驱遣文字、谋篇布局，在因袭的陈腐中透出一缕新鲜，苍蝇之微、宇宙之巨，内子宫之隐匿、外层空间之壮阔，运筹于一支笔、一副键盘之间。纳博科夫就说："他们（编辑）跟我讨论一个分号劲儿，仿佛这个符号事关荣誉，而事实上往往是事关艺术眼光。"评价散文而回避掉它的技术成分，仿佛只谈食材而不谈厨艺，事实上，就算一道生菜色拉，也有它处理手法的种种讲究与不可妥协。

　　然而，散文的主题，事件、细节，若弃之不顾，则容易流于形式主义、文字游戏，因此我试着在形式与内容上取得平衡。辑选这部以"年度"为单位的选集时，更希望它像沉积岩般一道道显影出断代色泽。

资深或资浅的这一众写作者，都有自己的足供辨识的风格。我们宜将这些素材视为木头的种类、瘢痂、年轮、节结，木雕师傅般的写作者们以其手艺，顺应变化，成就自己的作品。准此，也许更坚定了我们虽将讨论重点摆在写了些什么，但评价作品成绩高低的，还是怎么使用这些素材，怎么写。

二十年过去，变动有增无减，文学的无能为力日益凸显而出。如今作家为了回应变局，角色更加多元：我们在书房创作，也在网络串联，在街头呐喊，在田野第一线上奔走。

可是，要怎么论断文学有没有用呢？如果说文学无用，那么阳台上绽放的那一朵小花也没有用，陶杯上柴烧的落灰结晶、春树初萌的绿色芽眼也没有用，又怎么能说美术馆墙上的那幅画、音乐厅里管弦乐团的演奏有什么用？文学的无用武之地，或许正是它的有用之处，它在揭露人情人性、世情世相上最具穿透力。

王盛弘

目 录

壹

顿悟时刻

我和我追逐的垃圾车

谢子凡 *

　　老旧无电梯的狭长公寓，五楼，被隔成五个窄小房间，装满同样在这个城市工作的男女。

　　我的房间位于进门第一间，正对着阳台。阳台仅是一堵瓷砖剥离得七零八落的矮墙，加上一面锈蚀严重的铁窗。搬进去的第一天，冷锋过境。凄风苦雨直接从阳台灌进房间，这才发现那片木板墙竟然会飕飕地漏风，把一床从老家带来的被子吹得又湿又冷。唯一的小窗无遮无蔽，无情地让外头路灯的冷青色光芒登堂入室。

　　一夜未合眼。

　　接下来又发现这房子隔音极差，每天早上都定时被隔壁房客的刷牙洗脸声吵醒，然后是大家纷纷出门的铁门开合声，碰！碰！碰！碰！固定四声。晚上甚至听得见隔壁吃咸酥鸡的纸袋窸窸窣窣。有一晚和朋友在房里说笑，隔壁房客立即咚咚咚地捶打

_____

　　* 毕业于辅仁大学。曾获时报文学奖散文评审奖、台北文学奖散文首奖。

墙壁以示抗议，我和朋友嚓声吃完手上捧着的豆花，耳语道别。

寒冬可以添购暖炉，舍不得花钱买窗帘可以用黑色墙报纸暂代，晨间的噪音可以当作起床铃，生活得蹑手蹑脚，都行。然而，有件事却一直难以处理——那些该死的垃圾。

这里没有清洁员，也没有让住户暂放垃圾的场所。垃圾车在傍晚五点四十分唱着《少女的祈祷》来到这条位于盆地边缘的小巷，但这个时间点，哪个广告人会在家呢？即使是九点的第二趟回收时间，也是难以企及的虚幻目标。这些生活中无可避免产生的琐碎实在棘手。为免异味充斥住所，只得暂时将垃圾打包存放在阳台，等待早点下班的某天。

但这个"某天"一直到不了，阳台的垃圾袋仿佛有生命似的，默默繁衍。

丢不了自己的垃圾，倒是时常在公司倒垃圾呀。我提着公司的垃圾时，突然发现这讽刺的剧情。

那家位于敦化南路巷内的小公司由一对合伙人共同经营，他们一丰腴一消瘦，一男一女，一主外一主内，互补得好似电影里完美的角色设定。身材圆胖的齐先生戴着一副金丝细框眼镜，看简报时总把眼镜架到头上，镜框便微微陷进光亮的头皮。他时常咳嗽，烟瘾又极大，因此他的垃圾桶每天都混杂着卫生纸、烟屁股和咖啡渣。

负责业务开发的是身材高瘦、留着长卷发的白小姐，她总是一身合身的名牌套装，唇上的口红日日变换不同色彩。她气场强大恍若日剧《卖房子的女人》里的北川景子，每次开口说话，身后都有干冰和喷射气流伴随上场。她的垃圾桶是香的，里头几乎都是机场免税店买的香水口红包装盒。因为经常出差的关系，这些垃圾只出现在她偶尔进公司的那几天。

公司没有专职的清洁人员，全随齐先生看心情指定员工整理。我，年纪最小，通常是他的第一选择。白小姐有一只心爱的黑色贵宾狗，名唤黑妞，平时就养在公司，托给齐先生照顾。嗯，那自然又成了我的职责之一。

"黑妞好吗？你今天有带它去散步吗？"白小姐在上海出差，高分贝音量即使隔了几百公里，还是那么响亮。

"有有有，每天都有。"齐先生用眼神示意旁边的我赶快带黑妞出门。

"顺便把其他同事的垃圾也收一收拿出去吧。"齐先生掩着话筒，轻描淡写地这么说。这是我第一次接到这个工作的情形。

眼神死。

我板着脸拿出大垃圾袋，在空中重挥两下展开，一边在心里翻白眼一边说："有垃圾要丢吗？"

同事们纷纷将自己桌下的垃圾桶提出，在我面前坦白他们的生活。

"小雨，账单记得撕碎啊，不然我连你住哪一楼哪一室都一清二楚呐！

法兰克，都是一包一包的垃圾……还有小孩尿布和装烤鸭的油腻塑料袋，是从家里带来公司丢的吧？真有你的，我可没办法带着垃圾坐四十分钟的公交车！

打赌比赛减肥的樱子和桃子，那个戚风蛋糕盒……"

我在心里嘀咕，憋气绑起袋口。我虽喜欢狗儿，也不介意短暂离开那个充满烟味的阴郁空间，但被指定为清洁员和遛狗专员，还是心有不甘啊。几次齐先生唤我出门时，实在难以迅速弄平皱起的眉头，也压不下甩门的力道。

齐先生听了出来。

"不要小看这些杂事，其实我都在观察你。"他在经过我的工作隔间时若无其事地说，"很多事情都是从这些小地方才能看出来的。"说完啜了一口热茶，留下一个意味深长的微笑。

心死。

于是乎，我固定在傍晚时分，一手牵着黑妞，一手拎着垃圾袋，撒腿奔向那只停留十分钟的垃圾车，急切如投入情人的怀抱，同时冀望手中这包如果是我堆在阳台的垃圾就好了……

那天我才刚踏进公司，便迎上全体同事们奇异的眼神，有人用下巴指了指齐先生的办公室。

"这是什么？怎么会有这个牌子的香水包装？你带谁来公司？"白小姐愤怒而高昂的嗓音穿墙而出。
"是你自己的吧？"齐先生漠然。
"这种小女生的味道怎么可能是我的！"白小姐尖声撇清。
"你管我？你只在乎你那条狗！"齐先生大吼。回应他的是一声巨响，听起来是整排书被掀落在地。

整个公司瞬间安静了两秒钟，打字声噼里啪啦地响起。"他们是哪种关系？""他带谁来？""昨天我下班时有个女的站在门口，不知道是不是……"

"我跟你们说，齐先生的右手心有一个伤痕，是他们吵架时，白小姐拿笔刺他，他伸手挡的结果。"某资深员工透露。垃圾话开始流传。

当时我最大的烦恼便是如何处理这些公司和公寓里的垃圾，直到父亲因意外骤然离世。

这意外锋利无比，把心戳破了一个口，有什么又黏又黑的东西一直从心的里面涌出，而我无法消化，如同那些无法丢弃的垃圾袋般高高堆积。我的脑中被嵌入一部损坏的放映机，循环不停的佛经、白色的百合、黄色的往生被……处理父亲后事的情节每天都在脑中反复播放。从睡梦中到醒来这段时间，仿佛整个人被巨大的塑料袋笼罩，拳打脚踢也挣脱不开。好不容易醒来的那一瞬间，总是发现自己脸上都是泪，约莫是在梦里不停地哭了吧。

死亡这件事情把我和其他人硬生生地切开。他们张嘴说话，犹如鱼缸里的金鱼，厚唇一张一合，只是吐出一串气泡，我听不见。他们跟身旁的人聊天时，我瞬间被吸入虫洞，弹跳至千万光年以外的星系。

"你觉得呢？"同事突然转头问我。

"对不起，你可以再说一次吗？"我霎时被抛回现场，衔接不上。

世界没有因为父亲过世而停止，加班也是。早一点的话，会遇上住处附近夜市的最后一波人潮，众人结伴高声谈笑，手里拿着卤味或泡泡冰等小吃，脚步因为相互嬉闹而歪歪扭扭。我侧身穿过他们，拐进阴暗曲折的小巷，走过一路的沉默与黯淡。如果回来晚了，则连店家都已打烊，零星的人影更显潦落。

我惊异地望着眼前的情景：为什么这世界还是跟父亲死前一样？公司的垃圾还是一样要倒，黑妞一样憋着尿等我带它出门，齐先生和白小姐依旧争吵，我继续写企划案，继续接听打来催款的厂商电话，继续谎称老板外出开会不在公司。

但这世界又不一样了。当兵放假回来的男友看起来那么陌生（虽然他好心地替我清运垃圾）。我的黑暗，他不曾见过，短暂的见面往往以沉默结束。以前总是神采奕奕的母亲，在电话里听起来那么疲惫，而我也说不出什么安慰的话语，匆匆挂了电话，各自疗伤。我强撑着躯壳哄自己睡觉，早晨擦干眼泪上班。

"今天怎么没有倒垃圾呢？还有，赶快带狗出去，它在门口叫了。"齐先生探进头来，一脸责备。当时我瑟缩在空调坏了但老板不想修的房间里，埋头写文案。

我顺从地起身为黑妞套上牵绳，也收妥全公司的垃圾。

"再见啊，希望下个人也喜欢你。"我摸摸黑妞的卷卷头。它瞅了我一眼，径自走到凤凰木下抬腿撒尿。

我寄出辞呈几分钟后，齐先生急忙跑来我的座位旁。

"怎么了，因为叫你倒垃圾吗？还是不想遛狗？"

是因为所有的垃圾事。当然，我没这么说。

真正说出口的是："爸爸过世了，我想休息一阵子。"这下连平时舌灿莲花、能想出各种借口拖延厂商付款的齐先生也词穷，点点头摆摆手算是同意了。

接下来的日子我忙着结束手上的工作和交接，依然晚归。路旁的烧烤店生意天天火热，一个个陶土火炉排列在路边，犹如小学生的放学路队。店员先在大窑里将木炭烧红，再夹入小炉里，在寒风里忙得满身大汗。燃烧过后的木炭，被夹出搁在铁篓里，脆弱而灰白。风一吹，残余的火星四处飞散。

我想就着那一盆大窑，把所有的垃圾都拿出来，一片片的账单、一团团的卫生纸、一支支的串烧竹签、一个个装过关东煮的纸盒……全部烧个精光。

"你永远不会好起来，只能一天天地过。这会是你每天醒来想到的第一件事，直到有一天，它变成你醒来后想到的第二件事。"我默默记下这个从美剧里看来的哲理，一天天数日子。"每件事带来的眼泪是有限的，每次你哭了一点，离好起来就近了一点。"MV里长得像堂本光一的男主角说，所以我哭的时候便放肆地哭，尽量消耗伤心的额度。

我开始看起庸俗的古装电视剧。看恶毒的婆婆如何恶整苦命媳妇，看痴情的少妇苦苦恋着早已另筑爱巢的负心汉，看妒火中烧的女人算尽心机对付另一个女人。看些滥情的别人的故事，好忘记自己的。

那时我经常坐车坐过头，一回神才发现公交车已冲过我该下车的站牌，到了和平东路上。和平和平，名字是一种咒语，承载着期许。但我的世界一点也不和平啊，我快步走过它时这么低语。

在费力消化骤失亲人的悲伤之余，再也没有力气和任何一个人维持任何一种形式的亲密。我选择一个夜晚，流着泪把分手理由反复说了一遍又一遍，字句越来越嗫嚅。对方见我难受，点了点头默默离去，不忘反手带上门。

我蹲抱着自己，头埋在两膝之间，想要放声大哭，但终究只是压抑地呜咽。这房间隔音极差，我没有忘记。

过了一会儿，小巷开始骚动，开门关门、人声交谈……

啊，这是我第一次在住处亲耳听见它的到来！胡乱抹了抹眼泪，抄起桌上一包昨晚剩下的鸡排残骸，踩了拖鞋赶往阳台，十指抓起堆放已久的六七个垃圾袋，三步并作两步冲下五层楼，朝那声音飞奔而去。

男女老少早已分占巷子两旁，我挤进他们的阵容之间，恭迎垃圾车缓缓驶入。它慈悲大发将自己完全敞开。我小心瞄准，奋力抛出第一包、第二包、第三包……众男女也争先恐后地丢出他们手中亟欲摆脱的一切；接着第四包、第五包、第六包……偷懒没做分类的、狼狈滴漏着汁水的、齐先生和白小姐的脸孔、黑妞的背影、沾满眼泪的枕头套，现实的、虚幻的交杂并现，纷纷在空中划出长短不一的抛物线，大珠小珠般落入车厢。

垃圾车咿咿呀呀地转动推铲，吞下所有的垃圾，爆出几声鞭炮般的声响，仿佛节庆。推铲停止，如罗汉不动。过了一阵，又吟起《少女的祈祷》，带着众生的垃圾远去。

乐音袅袅，我两手空空。

刹那间，我几乎要朝它离去的方向合十称谢了。

如同她们重返书桌

李欣伦 *

　　艾莉丝·孟若的小说《抵达日本》，描述了同时是母亲、女诗人的葛蕾塔的一段生活插曲。葛蕾塔写诗，虽然先生彼得的母亲知晓此事，但嫁给彼得之后，她告诫先生别用"女诗人"这个词，因此后来才认识她的人不知晓她写诗，她也尽力隐瞒这点，毕竟多读一本书、谈论严肃的话题都可能会启人疑窦，更可能影响先生的升迁。

　　葛蕾塔将诗作寄给文学刊物并获刊登后，杂志编辑邀她和其余作家聚会。聚会前，葛蕾塔请人照顾孩子，自己穿上优雅的黑色洋装和高跟鞋去赴约。但在聚会中，多数的人并不搭理她，除了男记者哈利斯，两人后来维持着若有似无的情愫。之后在彼得出差无法安置妻女的情况下，葛蕾塔带着女儿搭乘火车前往多伦多，打算住在女性友人家。

　　这趟火车之旅，葛蕾塔认识了帅气的男演员葛瑞格，在酒精作祟下，葛蕾塔抛下熟睡的女儿凯媞，溜进男演员的卧铺亲热。

----

　　* 作家，著有散文集《以我为器》。

但她心系凯媞，匆忙返回车厢时，发现女儿不见了，瞬间她动弹不了，"仿佛整个身体、心灵都掏空了"。她揣度各种可能，在极度恐惧下慌忙寻找，最终在两节车厢的金属门那儿发现凯媞，原来凯媞去找妈妈。尚未从惊吓和恐惧中恢复心神的葛蕾塔用毯子裹住女儿时，感觉整个人像发高烧那样颤抖，而被暂时遗弃的凯媞对母亲戒备着，不愿让母亲靠近。

心存愧疚的葛蕾塔开始反省过去自己如何忽略了女儿，包含对丈夫以外的男人着迷并心存幻想，也包括生活中琐碎的、占据她不少时间的家事，甚至检讨写诗的行为——孟若用的词是"不忠"，不仅对丈夫、女儿不忠，甚至对自己的人生不忠。暂时被弃的女儿独自坐在两节车厢走道的画面，加深了罪恶感，孟若用"罪恶"形容："这是罪恶，她居然把注意力转移到其他事上面，满心只想专注在其他事情上，却不肯注意自己的孩子。这是罪恶。"

如同女儿独自坐在车厢的画面久久占据女诗人的心中，这个故事始终烙印在我心中。葛蕾塔，摆荡于母亲和女诗人之间，前者像锁链牢扣着她，象征着自由与自信的女诗人身份，给予她从平凡生活逃逸的可能，却也引发强烈的罪恶感。当成为"母亲"的意识超越"女诗人"时，葛蕾塔极力想隐藏的写诗"怪癖"——写诗对一般人来说确实是一种难以理解的"怪癖"——令她感到罪恶，甚至觉得对丈夫、女儿和自己不忠。

＊＊＊

产后的我困顿和忧郁，总觉得披了一件名为"母亲"的皮囊在呼吸、行走、活动，由于睡眠剥夺而完全丧失了食欲，对于送到眼前的所有食物发呕，一天吃一碗清汤面已足够。但旁人说你得吃些什么，不为自己也为孩子；你得吃些高营养的东西，不为自己也为孩子；你得好好躺在床上，你得这样那样，不为自己也为孩子。

他们的说法，让我重新质疑"我"的存在：我是谁？我在哪里？难道只为孩子而存在，仿佛是提供乳汁的机器？当时我拼命咀嚼许多发奶食物，如果不这么做，仿佛便是不忠，像葛蕾塔反复涌现的罪恶感。但真正令我觉得背叛了自己的，其实是和奋力大哭的婴孩"肉搏"的夜半时分；即便我已喂了奶，换了尿布，也排除所有孩子不适的因素，她仍大哭不休，被吵醒的家人总着急探问："孩子究竟怎么了？""你是不是没喂饱她？"恰好就是这个时刻，我觉得原来的"我"已转身背离。我深觉背叛了渴望拥有自由和多重可能的自己。

孩子昼夜哭泣、马拉松似的哺乳对母亲绝对是消耗与考验，体力透支让母爱变得困难。有本育儿书提到，仔细观察孩子哭的时间和哭声变化，可以借此判断他们究竟是饿了、困了、胀气还是承受不住太多外界刺激。有时我会显露出难得的耐心观察和分判，但多半那些哭声听起来并无太大不同：尖锐、急切、猛烈、令人发狂。于是有另一本育儿书提出一个不怎么高明但后来证明管用的方法：不如妈妈戴上耳塞。看着女儿涨红脸大哭，五官挤在一起，仿佛一个丑陋的糟老头，睡眠不足的我对她大吼："尽量哭吧，被迫来到这苦难世界本来就值得大哭一场。"然后我逃进浴室，坐在马桶上将脸埋进手掌，忍不住哭了起来。如果不这么做，难保我不会将哭声不止的女儿扔出窗外。

我常坐在马桶上，闭上眼睛，有时真的戴上耳塞，逃避女儿的哭声。这是我躲避母职的防空洞。有回参加研讨会，听杨佳娴转用吴尔芙"自己的房间"形容《红玫瑰与白玫瑰》中的烟鹂因便秘，常在厕所蹲上几个钟头，那是空虚的她暂时的栖止处。虽然我没有便秘的困扰，但仍觉得佳娴用"自己的房间"来形容确然是妙喻，过去的女人需要自己的房间来写作，但对一位新手妈妈来说，浴厕便是自己的房间，马桶是堡垒，白色的瓷砖尽管沾了黄垢，但这无碍成为暂时的秘密基地。坐在马桶上，凝视瓷砖上方浮现的花纹，紧绷的身体线条才一点一点地松开。

最好的时光仍是：孩子熟睡于白昼，也是我冲澡的时刻。窗外的天光色如珂雪，丝绸般地灿灿铺展、流动于浴室。在莲蓬头下触碰自己的身体：消减而松弛的肚腹、肚皮上深色的妊娠纹、苍白沉赘的肉身、储满乳汁正蓄势待发的饱胀乳房，这一切的一切构成了我，一位母亲，母亲的身体，交换青春以哺育孩子的身体。然而，这就是我吗？

* * *

重读生完女儿头两个月的每日记录。那时读了朋友大力推荐的育儿书，书中建议母亲尽可能每天记录E（Eat）、A（Activity）、S（Sleeping）、Y（You）：前三项为孩子的喝奶、活动和睡眠时间，最后一项则是你——身为母亲但同时也是女人的你——替自己做了些什么。在这本育儿书的权威建议下，我开始记录孩子睡与吃的时间、换尿片的次数，以及更重要的——你，不是母亲，而是一个女人的活动。

女人的活动那栏，并没有购物、喝下午茶等字样，只有读书和读经。读的书大多是育儿书籍，虽然如何育儿各有方法且相互矛盾：有人告诉你将婴儿放在婴儿床上，并在"确定房间没有蛇"之后，就可以关灯离开。这一派的主张特别强调孩子的安全感建立在稳定的时间表上，并以多人的亲身试验，证实婴儿绝对有独自入睡的能力。但同时，也有专家谨慎地提醒你，零到三岁决定一个人未来的人格养成，母子间的肌肤亲密才是孩子的安全感来源。

＊＊＊

成为母亲，写字变得艰困，愈是如此，我愈渴望阅读，渴望书写，若不读不写，反倒是对自身的不忠和背叛。

曾有段日子，每天四点即醒，醒了之后开始读，读完之后尽情地写，写到八九点市声鼎沸，再睡回笼觉。青春的我浪费多少时间在爱、美和痛，每次的回旋冲撞都是倾尽身心的浪掷，写得既痛又快，写得痛快。

　　几年后的行旅，他者经验烙印于自身，太多生猛而刺激的体验撞击生命，眼耳鼻舌身大开大合，惊险万分却也瑰丽万分，彼时觉得无须再写，至少不再积极动笔。为什么要写呢？最奇美、最熟成、最动魄的已写进肉身，铭刻于呼吸片刻。然后，怀疑起书写的价值。彼时我独行于充满尘沙的异地街巷，来到一个又一个身形残缺、与死亡搏斗的他者面前，目睹他们摊开身体大书——里头写满了残酷但坚实的真理，悚然、流泪、畏惧的我反复质疑书写的意义，不断自我驳难：为什么要写？写下这些是为了什么？宛若视觉暂留，将我一次又一次带回忧戚面容和衰毁肉身的现场。惶然离开书桌，离开回旋的文字和修辞，我停止书写，甚至连随笔都没有。我真的停了下来，觉得不写其实也没什么不好。

　　于是，在加德满都浪游的我和K，某日穿过杂沓人声躲进日本小馆，喝茶聊天，无聊得发闷，竟敞开两人的钱包，一张一张数着皱而软而绵（那必然吮尽众人的汗泽体味）的钞票，将铜板分类叠起，煞有其事摆满了整张桌，仿佛我们是有钱人。总记得这样的下午；好多类似的下午，我们天南地北地聊、抽烟、听摇滚乐、读书，时光简直就像快餐店里的饮料免费无限畅饮。青春和爱也是，我们不顾一切开着阀门任其流淌，流过几多昼夜。

　　然而，当奢华的时光真正离我远去，我却想写，想从褴褛时光中找寻丝毫可凭借，可依恃，可皈仰。书写，助我从蒙昧而琐碎的深海中透脱出来，从全然围绕着孩子的专注中松懈下来，暂时找寻所谓的"我"：我的价值，我的存在意义。原来我还是挺在乎我自己的吧？如何定义自己？我不是那个头发蓬乱、衣着邋遢肮脏的母亲，我该是那个坐在书桌前，一盏灯，一本书，在空白的扉页开启灵感的，写字的人。

当孩子入睡，我捧着微薄的时间回到书桌。这是安静的独处时刻，是梳理纷杂思绪的时刻，是我凯旋回归主体的时刻，是忠于自身并揽镜凝视的时刻。我珍视如斯时光。即使孩子的睡脸宛如天使令我贪恋，但我毅然离开甜美的熟睡，回到书桌前，深呼吸，键入文字。有几次手指甚至因过度兴奋而颤抖。

母职的另一项训练：珍惜能读能写的时刻。因为你永远无法得知下次是什么时候。像死亡催逼，在孩子睁眼之前——那意味着喂奶、换尿布、洗拭、庞大家事的轮回，我翻开书，写下几个字。这几个字仿佛镜子，回照了我的五官和表情，疲惫和狼狈。每个字忠实且不带批判地承接我的情绪、分裂和眼泪。

＊＊＊

然而，阅读和写作，在月子期间是个禁忌，劳神伤眼，耗神费力，刚成为母亲的女子需要全然的休息。事实上，大多数的女人渴睡却无法如愿，像幽灵徘徊于昼夜之间，即使如此，所有育儿手册皆如此建议，引经据典，专家者言。这对亲自授乳的母亲何其困难，几乎是天方夜谭了，于是我略过这些不切实际的漫想虚言，任性地读起书来——毕竟这是我在重重限制下仅剩的任性。

那时能抚慰我的反而是夏洛特·珀金斯·吉尔曼的《黄壁纸》。作者长期为精神崩溃所困扰，求助于精神科医师，医师建议她休息疗养，一天动脑最好别超过两小时，更严厉地告诫她："这辈子绝不能再重拾纸笔、画笔或是铅笔。"小说中，女主角在产后也被暗示不该写作，她的先生约翰说："为了我好，也为了我们的宝宝好，当然也是为你自己好，请不要再让那想法闯进你的脑袋了。"她只好瞒着先生写，尽管不知道写这些东西干吗，但她坚持要"找到方法表达自己的感受与想法"，因为"这是何等的纾解方式"。

是的，我读《黄壁纸》，看产后忧郁的女子如何定睛凝视黄壁纸，那蔓生、摇晃并充满魅惑召唤的壁纸图案，在女人危脆的心绪中爬行，亲昵又危险。最终，濒临崩溃的她幻化成一头爬行的兽。坦白说，看着这个被创造于一八九一年饱受折磨的女子，狂烈横行于眼前，即便当时距离这时空如此遥远——二〇一二年夏天，产后的我终日面对一堵白色墙面（而非黄壁纸）——还是觉得被安慰。

* * *

每次和朋友说起我在月子中心修改论文的经验，闻者皆甚感惊讶。

记得生儿子楠前晚，我和梓洁在纪州庵谈《此身》，返回娘家途中，收到"修改后再审"的信件通知，虽然紧张了一下，但心想离预产期还有三周，应足够我修改，当时还跟肚里的孩子私语："再待三个礼拜喔。"凌晨三点半，蒙眬间羊水破了，惊吓之余唤醒母亲，坐上救护车一路呼啸奔回台中生产。隔天在月子中心，趁母亲不在身边时，赶紧联络助理和同事协助印期刊论文、去图书馆借书，秘密送来月子中心，然后抓紧时间，修改论文，十分钟也行。

当家人敲门，我大喊等一下，速将电脑、论文、书籍收在衣柜底层的抽屉，稍加打点，等他们进来时，能安心地看到一个蓬乱着头发、着连身长裙的女人，歪在床上，认真地松懈身体和心智，并将桌上的汤汤水水灌饱肠胃，准备下楼喂奶去。这时如果看书恐怕会惊吓到我妈。当我将这段记忆贴在脸书上时，也是过来人的学姐提到，她也在月子期间看书写论文，母亲恐吓她"小心眼睛瞎掉！"学姐冲口而出："瞎掉也要写。"只能说非常壮烈。

于哺乳、断续睡眠中艰难完成后，在回复修改论文说明最末，淡淡加上"在月子中心完成故不甚周延"（此篇论文是否因此而顺利刊登亦不得而知）。

月子期间这样拼命改论文、写作，不知是否铸成了产后忧郁的因，从月子中心返家后没多久，我常处失眠、焦虑和恐惧中。

当时以为已养了一个孩子，第二胎绝对没问题，但没料到同时照顾两个年龄相近的幼儿着实将人逼疯。有段时间，我凌晨三点醒来喂儿子，半小时后躺回床，不到两小时轮到女儿醒了，夜半啼哭，我起身搂她哄她，蒙眬间我俩又睡去，恍惚间又闻儿子泣声，我睡眼惺忪，下床将他从婴儿床抱到大床哺喂。哺乳手册建议：侧卧姿势可边睡边喂，让产妇充分休息。事实上我无法安眠，因为孩子的用力吸吮，就像强力泵，声音中透露出顽强的生存意志。相反地，我却损耗下去，睡眠破碎如岛，终致无法入睡。

夜里，我听着孩子的规律鼻息，只觉恐惧，忧郁扼住喉头，占据胸口，无法顺畅呼吸。我感觉儿子就要醒了，他随时会醒，响亮的哭声炸开，像梅雨磅礴倾注。我竖耳倾听，谨慎提防，准备捧着我的乳房将乳汁灌入他的嘴（那样他就不再哭了不是吗），就这样我再无法入睡，翻来覆去。

彼时正待进入潮溽的夏，夜里突然降下大雨，又急又快的雨滴敲打于每一寸土地和物件上：公园里的儿童滑梯和秋千、健康美丽的腊肠树、路灯、人行道，这些对象有细微缝隙，但它们毕竟不是真正的容器，无法承受如此凶猛的雨。雨水将不受控制，排水道也失去作用，蟑螂和更多的蟑螂将被冲涌而出，瞬间灭顶或顺着水流浮沉挣扎，所有的生和生的欲望将受到全面威胁。

雨愈来愈大，仿佛警示。然后是闪电，雷声，狂大的风拍打着窗和窗帘。我隐约听见儿子在哭。我坐了起来，发现才两点。手表的时针分针发出荧光，切出超现实的空间。下床探视，儿子正好眠。全家除了我之外全都被睡眠的光雾深深包围，只有我无法入睡，坐在床沿恍如跌坐于旷野。但忧郁让一切变得拥挤，几近窒息。

* * *

约莫这个时候，我开始接受心理咨询，也重新开始写。忧郁让我几乎活不下去，完全无法动笔。

经过了几次谈话，碰触到生命核心时，咨询师仿佛想到什么般地跟我确认："还写吗？"

怎么可能写。能活着就不错了。

"找时间写吧。"她提议。

后来竟发现，反倒是写作让我活下来。是的，是写作。

* * *

翻开《创作者的日常生活》，立刻先读托妮·莫里森和艾莉丝·孟若两位女作家，不仅因为喜欢她们的作品，更因两人皆同时写作并照顾孩子。

相较于书中大部分作家维持规律写作的情况，坦言无法规律写作的托妮·莫里森鼓舞着我，二十世纪九十年代她不仅是兰登书屋的编辑，同时教授文学课，并以单亲身份抚养两个孩子长大，在忙碌的日程中，她得趁黎明或周末写。因此，固定每日早晨五点爬起来写，且在驾车和割草时思考，于是一面对纸便能令人羡慕地"一挥而就"。二十世纪五十年代孟若仍是有两个幼儿的年轻母亲，常趁着大女儿上学而小女儿午睡时"躲进自己的房间写作"，读至此真是心有戚戚焉。

我的读书写作时间正是两个孩子同时睡觉的时候，交集起来可能只有二十分钟，这时才有机会翻开书，开启一个新的档案——崭新洁白宛如婴儿无瑕的小屁股，令人充满希望——进入另一个身份。稀有时刻：孩子睡了，而我还清醒。其实不确定究竟是真正的清醒，还是他们同时提早入睡令我精神抖擞。终于，我可以，我又能重返书桌，阅读，写作，最原始的情感交流与沟通，一盏温暖的灯，照亮了页与页之间、行与行之间，照亮了我专注的眼眸与渴盼。像全身浸入满室氤氲而水温适中的浴池，像悄悄掩上门扉（同时安静背对整个喧嚣世界）回到斗室静坐，像极缓但有次序地梳理着飞扬奔腾的续流，终日劳动的我终于停下陀螺般的自转旋绕，与灵魂面对面，与自己的恻痛面对面，静静地凝视它的脸。

他们呼呼大睡，淌着奶蜜的独处时光终如神迹乍现，将我周身笼罩，光晕充满，魔术时光。

* * *

有时魔术时光来得太急，令人猝不及防：SY临时带女儿北上，而儿子还待在保姆家。保姆说："今天晚点来接也没关系哦。"我捧着天降的自由，双臂颤抖，双腿发软。

我背着书和电脑冲进吃茶馆，点了特大杯的翡翠柠檬，打开书，准备进入文字，但终究无法顺利进入，字句和目光间凝成一蓬又一蓬无法穿透的云雾，如张开的伞。恐怕是太兴奋，对于这意外而现成的时光；宛若清晨森林中的冰凉空气，反让我无法消受。终于阅读了几行，孩子的脸和嗓音悄悄浮现，盘踞了故事，在字与字、行与行之间轻巧结下隐形的网，有效而成功地攫获我缠绕的情思。

我读，孩子就在眼前；我写，孩子也在眼前。此刻他在哭吗？他开心吗？睡了还是醒着？会和别的孩子抢玩具吗？他又霸着公园的滑梯吗？他是否能再次成功克服没有母亲陪伴的时光？

书毕竟读不下去了。多种即兴、任意、古怪的鬼点子和计划，一点一点飞向结在字句和目光之间的蛛网。一本书成了小坟场。我叹了口气，迅速喝完大杯冰饮，即将到期的自由。

* * *

珍视能写的时光，在叠叠累累的繁重家务之间，见缝插针般地读，蜻蜓点水地写。不受打扰的时光如崭新而色泽鲜异的布匹，以稠密又光滑的质感流经指尖，然后我开始写，不假思索地写。

如同她们重返书桌，闪避迅速击来的日常琐碎跋涉至桌前，打开电脑，键入文字，一个字，两个字，一个句子，皆是神迹体现。那必然是洗了床单又晒又叠了衣服；必然喂过奶或喂饱女儿；也必然将地上的面条和黏在脚底的饭粒清除；锅碗瓢盆不必然已涤净，也不必然清醒或饱食，我急急穿越污秽油腻，无视于疲惫饥渴，如同穿行重重山径将自身带往桌前。无须暖身。其实不是不须暖身，而是毫无余裕暖身，无法像从前那样先静静读一个小时、泡杯浓茶、看看天光或听听风的摩挲声才开始。

是的，我得一坐到书桌前就拼了命地写，全不在乎修辞、文句和结构，如止不住的呕吐那样写，因为随时得停，哭声、撒娇、闹脾气等诸种孩子本事随时将我带离书桌，因此被迫练就随时得写出几句的功夫，没有心理准备和情感酝酿，无法重读上文并根据脉络，就这么挺起精神、硬着头皮写下去。

* * *

夜里，我突然间领悟写作之于我的意义。我被孩子寻奶的动作吵醒，之后无法入睡，许多事情在脑中盘旋。

我是谁？我是老师、母亲、妻子、女儿，其中耗费我最多心力的是老师和母亲。作为老师，我得说我开始感到力不从心，社会和学校对老师的期待、大量的行政庶务。作为母亲，总明显暴露出我的无能、被动、狼狈与疲惫，我常常从学校返家，在拥挤的公交车上望着纷繁的人事景致，带着一堆对现有教育体制和老师身份与价值的困惑，回到一个完全牺牲奉献的角色；无论晴雨我默默返回这个衣服再无法全然干净、睡眠再无法完整的角色，继续与孩子奋战。

　　我被这些昼夜琐碎的细项分食，教育及其接踵而至的事物以一种高倍速的方式将我掏空、吞没，像是洗衣机里飞旋的衣服，在你无思想的空当只能被卷入再卷入，在同一个漩涡里打转，原地打转。是以写作便显露其必要。于我，写作是一种抗拒、质疑、不合作的姿态，它对抗速度、质疑现状并在每个理所当然的答案中显出它的不服从。比起老师被要求的投入、母亲被期待的牺牲，写作与现实甚至与自身保持距离，警戒和清醒，怀疑和推敲。

　　难怪我渴望写作，特别在老师和母亲身份蚕食我，令我缴械出存在感时，我必须写，因为困惑，因为疲惫，因为沉重，因为混乱，因为纷杂事项与孩子热烈贴上我让我喘不过气。于是，在被孩子吵醒后再不得安眠的夜，月光以一种启示的方式照入窗隙和梦境，我起身，写下我的困惑，推敲我的存在。

不再委屈自己

袁琼琼 *

没有死于癌症，她就开始做一个予取予求的人。她索取一切她看上的东西，因为她差一点死去，而"复活"之后，她似乎就有了随心所欲的权力。

我认识她的时候，她已经割掉了乳房，离了婚，和比她小十岁的男友住在一起。

我们一起写连续剧。那还是笔和稿纸的年代，多数人不会用计算机。写完本子，打字行会派人来拿，打字后，打印，装订成数十本，送到剧组。（所以打字小姐往往比任何人都更早知道剧情走向。偶尔去打字行，打字小姐会说："不要让男主角死掉啦。"我就说："可是制作人说他不演啦。"）

我惯常在一家茶店写东西。店面分隔成小套间，和式房，榻榻米，拉门。一张四方桌挨墙摆，客人坐在地上。店里有好喝的

_____

* 专业作家及电视、电影、舞台剧编剧。已出版著作涵盖小说、散文、随笔及采访等共计三十二种。有三十年以上编剧经验，曾入围金马奖最佳编剧提名。

冰茶，就只是茶泡出来之后在冰箱放凉，不加糖也不加别的。一给一大壶，喝完了还可以再添。老板是个虎背熊腰的大胡子。店里就他一人招呼。每次去都看见他埋在柜台前非常认真地在写什么。他可能是个胸怀大志的作家或诗人，我从来没问。那时候也没有网络。

我跟她约在这里见面。她来迟了。我们说好要谈故事，捋出剧情方向，然后分头开始写。

她什么都没带。桌上摊了我的笔记、稿纸、原珠笔、零食和其他杂七杂八。我以为她要和我一起在这里写剧本，但是她什么都没带。

席地坐下之后，她从皮包里掏出一面小镜，对着镜子开始描眉毛涂口红。她说她睡迟了，只洗过脸就来赶赴约会。"哈哈，我太没时间观念了。"她仰头大笑，然后又说，"我告诉你，我常常会迟到。"

我说没关系，反正我都在这里写稿。我那时很乖，像上班一样，起了床就来茶店报到。

她一边化妆一边跟我说话。她是资深编剧，在这行待得比我久，名气没有我大。她说："因为你写小说，名字会登在报纸上。"她看过我的小说。她说："你写得完全不对，男人不是那样子，你根本不懂男人。"她提的是我早期作品。她宽容地说：

"你那时年轻，现在你应该知道你看错了。"

我没反驳，因为跟她不熟。这之前只见过一次，制作人介绍我们认识。

我看不出她的年纪。猜是比我大。但是保养得不错，脸皮白白嫩嫩，是那种乳液按摩滋养出来的成果。十指尖尖，涂鲜红指甲油。我认识的编剧没有一个有这样的一双手。

她后来挂上大耳环，把头发梳得蓬蓬的，两手相迭叠在胸前的桌面上，抬头挺胸，说："我们开始吧。"

我问："你不用记下来吗？"她雍容华贵地说："不用，我有脑子。"两手平放，纹丝不动。我们开始谈故事，但是说不到两句，她开始讲她自己。

我有弱点，这毛病至今戒不掉。就是只要碰到奇怪的事或人，就会很想知道下面会发生什么。往往偏离常轨。

她，在我当时看，就是个超奇怪的人。她跟我讲她因为乳癌，所以割掉了乳房。她在手术之前离了婚，因为结婚多年之后她早已不爱她丈夫了，可是当时离婚还是很严重的事。她就只是不快乐地活着，直到查出了乳癌。从医院回家之后，她就对丈夫说，她要离婚。

人在面临人生中的毁灭性大事时，往往拥有特殊的权力。她老公答应了。两人好聚好散。在离婚前，趁着她还有美丽的乳房，两人去拍了合照，她穿着低胸礼服，露出漂亮的乳沟。

之后就离婚。她割掉了乳房。老公给她买了忠孝东路的顶楼房，不时来看她，直到那房屋里住进了另一个男人。不过他还是按月寄钱给她，并且至今没有再婚。

她说她知道自己得了乳癌之后，第一个念头是："只要能活下来，我绝对不再委屈自己。"她以前也是乖乖的、顺从忍抑的小女人。

我或许脸上露出了听故事的神情，她忽然说："我说的是真的。"隔桌伸手来抓住了我的手。她的手冰凉，蛇一般，滑滑的，缠住我的手腕，往她的右胸贴上去。

那一处胸口是平的。的确。我不太知道自己碰触到什么，马上把手收回来。她说："我说的是真的。"露出厌烦的神情。我觉得她可能时常这样对人证明自己。

总之，没有死于癌症（在那个年代，乳癌的治愈率很低），她就开始做一个予取予求的人。或许觉得全世界都欠她。很多事情她都直接来，很多话她都直接开口。

茶店里有冷气，我通常会带一条大披肩，太冷了就围上。她

看着我的披肩说："是什么牌子？"我不知道是什么牌子，披肩
的花色是凤凰，金色翅膀的凤凰站立在黑褐色的树枝上。凤眼漠
漠看着前方。我在店里一眼就看上了，非常贵，可还是掏空钱包
买下来。

她说："借我披一下。"我借了。之后全程她都披着那披
肩。跟她的妆容，大耳环和蓬蓬发非常相衬。

我们谈完话之后，她站起来，跟我说："这披肩我要了。"
她朗声大笑，"反正你披着一定没有我好看。哈哈。"

这个人，后来只跟我合写了一集戏，再就不见了。不过我
可以想象，她仍然在不同的地方，对着不同的人，看着对方的眼
睛，理直气壮地说："给我。"她索取一切她看上的东西，因为
她差一点死去，而"复活"之后，她似乎就有了随心所欲的
权力。

痛恨，倒数的感觉

黄翊 *

父亲说："出了这扇门，没有考上'北艺大'，就不用回家了。"

从嘉义北上，考"北艺大"七年一贯制，除了一起考试的同班同学们，周遭的一切对我来说都很陌生。舞蹈系馆外的石子路上全都是考生，经过戏剧系门口时，戏剧系考生拿着扫把在大门口、楼梯上演戏、跳舞。还有上一秒在电话亭里拿着话筒哭天抢地，下一秒挂上话筒一切像没事一般，打开门走出电话亭结束他的表演练习。音乐系考生文静地在各处以各种乐器演奏着考试的曲目。舞蹈系的考生则是将腿挂在墙上不停地拉筋、倒立。

S7舞蹈教室满满穿着号码牌的考生，和小时候曾看过的舞者圆梦的电影场景一样，老师们坐成一排，一轮一轮地挑选舞者。每一轮结束，被念出号码的人有时是被告知获选进入下一阶段，有时是被感谢参与这次的考试，虽然未能获选，但并不代表不优

* 2011 年被美国《舞蹈杂志》评选为"全球最受瞩目二十五位舞蹈工作者"之一。2017 年 4 月，凭借作品《黄翊与库卡》成功登上 TED 年度大会开幕演出。

秀，不同的学校有不同风格，"北艺大"不一定是最好的选择。也可以准备明年再来参加考试，有的学长学姐考了两年才考上，希望同学们不要放弃舞蹈。

一位老师总是不和其他老师一样坐在那排评审席里，而是随性地走在考生之间，离我们很近很近。

她走向我说："我很喜欢你的发型！可是我们看不清楚你的脸，可以用头巾绑起来吗？"

全场停下来，学长学姐们用跑的方式从门口到走廊四处去找合适的头巾，协助我戴上。

"这样很好看！你为什么要把脸遮起来让我们都看不到呢？好啦！我懂！一种感觉！"这位老师一边说，一边用手在她的眼前模拟我的刘海飞来飞去的样子，全场笑成一团，让考场紧张的气氛放松许多。

她是曼菲老师。

"小熊啊！"她在考场常叫着这个名字，一位帅气的老师走出来示范，动作流畅干净到让全场掌声不断，但他叫小熊？也太可爱的名字了吧！应该是小名，后来看到课表时才知道这位老师的本名——张晓雄。考场上他们就像一对耀眼的情侣，吸引着大家的目光。

关于考试的结尾，脑海中还映着同学们排队打投币式公用电话，握着话筒坐在地上掉眼泪的画面，那时手机还并不普遍。

"运气很好，捷运开通了！你们以后去哪里都很方便！"我的父亲开着车，从嘉义送我到台北。

"北艺大"男宿里，母亲不断打点着四处，阳台处的阳光将母亲的身影洗成剪影，床垫、枕头、抽屉，虽然都还空空的，却都好像被她装满了我足以使用一生的东西。站在寝室门口，第一次意识到，父亲和母亲比我矮小，毕竟在家，都是在各处坐着多，不会特别站在一起对话。母亲故作镇定地要在寝室门口道别，一转身赶紧下楼，不敢回头，父亲电话里笑说母亲一路掉着眼泪回嘉义。

我们都知道这一次送别，除非有意外，否则下一次见面要隔半年，因为当时家里的经济状况很不好，车票很贵，要节省一些。

一九九九年九月二十一日，同学们兴奋地入睡，期待隔天开学，一阵天摇地动，父亲曾提过上下震动是最危险的地震，我依照父亲教导的标准操作程序赶紧去开门，以免门框因挤压变形无法逃生，拉着惊恐的同学一起到宿舍中央的空旷处逃生。星星因为停电变得好清楚，很美，四周都是报平安的叫唤声。

没有人敢回到建筑物内，宿舍管理员将收音机转到最大声，大家坐在外面听着广播。"通信中断，交通大乱。"广播不停地播报着各地的情况。终于和家人通上电话，爸爸手工制作的床很坚固，没有倒塌，一切平安。隔日同学们都回家了，只有我和一位南投房子倒塌的同学留在台北。

没想到，久了就习惯了，一年回家的时间随着年纪的增长，越来越少，从一年四周，递减到一年九十六小时。

学校就像我的家，而老师们，就像轮班的家长。离家很久的小孩，不能对他们太好，他们会把你当成家人。

晓雄老师就像这群高中生的父亲一样，曼菲老师自然扮演了母亲的角色。大学里住着一群高中生，全校的大学学长学姐们、老师们宠着、疼着。但小朋友通常没有满足的时候，常争着谁比较受宠、老师们比较疼爱谁，想霸占老师们的关爱。

也许因为从小看着父母为经济努力的难处，所以只想有好的表现，不想再增加他们心理上的负担，所以总是和师长的关爱保持一定的距离。因为只要开口，他们就会伸手扶你一把，但扶久了，你自己也不会走路、不会跑，也忘了怎么飞了。

曼菲老师的周围，总是围满了嗷嗷待哺的"雏鸟们"，而她的关爱几乎是一大把塞给你的，快到让你反应不过来。

刚从高中升大学，生平第一次办摄影展，曼菲老师拉着素君老师，一起在摄影展选了一组照片，塞了卷钞票到我的手心，说："老师们帮你买作品！"那是我生平第一次被人收藏摄影作品。

系馆玄关的楼梯上，曼菲老师只是路过，问我最近在做什么？我说在存钱买琴，想学作曲。老师觉得我存得太慢了，带我坐上她的车，直接开到学校的安宾超市前，将提款卡和密码给我，要我去领。我站在车窗前不知道怎么办的时候，她忙着打电话给慧玲老师，要确定我能买到好的琴。

我焦急地打给妈妈，赶紧跟老师说家人会协助购买，她才放心地离开。

这台琴一直都是我珍贵的礼物，不只是因为老师，还有我的父母亲。即便已经不再使用了，仍随着一次次搬家，在总是拥挤的房间里为它找一个安身之处。

总是给眼前的每个人深深大大的拥抱、像亲密朋友一样地勾着肩走路，这是她给予他人关爱一贯的方式。每次见到她时，总是一双大大亮亮的眼睛直视着你，问你近况。即便那双眼睛，到后面的几年，开始有了血丝，开始变黄，她还是用一样的音量在问你过得好不好，有没有完成自己想做的事。

"只要回答一切都很好就好了。"我这么想着，但她总是会继续追问下去，问到她能够为你做些什么的答案她才满意。

买琴事件不久之后，新闻播出了她被诈骗的消息，但她不在意，甚至仍相信着这件事对对方有所帮助。

接受那种无私的爱，其实也很容易变得依赖，或想占据、将那份爱变成特权。所以必须要求自己节制，因为看过许多人迷失，不论年纪。那样的复杂与竞争让我感到害怕而不敢靠近，如只要向前迈一步，就像要夺走他人珍贵宝物一样的压力。

二〇〇六年三月二十四日清晨，我穿过"北艺大"S7舞蹈教室的大落地窗，掀开窗前的黑色背幕，教室里一群模糊的舞者们在和曼菲老师排练，到处都是奔走、落地的脚步声。

曼菲老师看到我，问："黄翊，怎么了？有谁欺负你吗？"

我眼睛睁开，一摸，脸上都是泪水。

接到消息，老师走了。当天，是我大学毕业演出的首演。

一进入系馆，气氛一片低迷，在剧场里老师们集合大家在舞台上牵成一个圆，因为已经做好心理准备，这一圈，我没有掉眼泪。但在后台，同学们请曼菲老师保佑大家演出平安时，我忍不住转头离开现场。我还没有准备好听这句话。

最后一场，前台传来林怀民老师出现在观众席的消息，全部的同学都绷紧神经，因为如果表现得不好，林老师可能会提前离场。舞作一首一首地过去了，中场休息后，林老师还在，直到最后一首舞结束，掌声响起。鞠躬、落幕，才刚走至侧台，听到远处传来学弟学妹和助教的呼喊声："林老师要你打电话给他！"

曼菲老师鼓励我创作，遇到她时总是把"邀请你来云2编舞"挂在嘴边。老师离开了，邀约实现了，心情好复杂。

走进观音山上云门2团的排练场，相较于我在课余时间躲在二楼看林老师排练的云1，云2反而是我比较陌生的空间。还清晰记得，第一次推开门，与2团的学长学姐们见面时的感觉。排练时，常常会听到，如果曼菲老师在的话，她一定会这么说、她一定会这么做……排练时坐在一个地方，学长学姐就回忆着说，曼菲老师常站、坐在那里看排练。有时排练到一半，会有人默默地走到排练场的外面掉眼泪，因为有人不小心说了或做了某些曼菲老师习惯说的话、习惯的动作。

那次之后，我就不再说"Nice"，也尽量不大声、热情地称赞任何的表现了。

因为那些曼菲老师式的温暖，会让大家难过。

也许是因为从小经历长期的家庭经济震荡，我总是习惯预先做好准备迎接任何事物，尽力让自己有稳定的表现，但某一场云门2团的讲座，行政人员播放了一段纪录片，曼菲老师那个有点沙哑又很爽朗的口吻，和过去一样。我无法控制地开始全身发抖，慢慢地从椅子上起来，顺着房间的边缘走至门口，出门到走廊的一半，确定走远了，加快脚步躲进厕所，用卫生纸把自己的眼睛盖住，不能让眼泪进到鼻子里，会很难处理，但还是失败了。

那一场，我不记得到底说了什么，脑袋一片空白。那段影片，让已经有点模糊的曼菲老师的声音，又回到耳朵里面。那场讲座，带领我遇见了生命中重要的导师，改变了我的命运。

今年，得以透过屏幕，一幕幕地把过去封起来的回忆再重新显影，原本开始模糊的声音又慢慢变得立体。封起来是为了避免去比较，让自己与所有人都好过一些，把那些标准放在自己的身上去努力，一步步地接近、延续它。也透过每一个人的对话，看见每个不同版本的曼菲老师，也欣赏着每个人决定放置自己的距离，也思考着与记忆中不同的部分。

几年前，系里的助教整理系馆时，找到一包我的摄影作品，要我回去拿。那是曼菲老师某一次出院期间急着要我洗的，她要拿去推荐给朋友们，我还记得那天她那双红红的眼睛和消瘦的身影。

几年前，林老师和我说，算命的说他只能活到七十二岁，要我到时候不可以哭。

我会努力，至少不在大家面前哭。

蒋老师开刀后，一如往常地关心与问候我们这些小朋友。

父亲上一次来台北，是送我入学，再一次来台北，是我带他到和信医院检查，我们相信一切安好。

我真的痛恨，这种倒数的感觉。

能不能回到当兵的那段时间，一切规律，放假回家陪家人，睡前在林老师的书房打地铺一起看电视，睡醒吃蒋老师做得太丰盛的早餐，找着退伍后要住的房子，想着未来要做的作品。能不能回到刚入学时，曼菲老师在课堂上很凶地骂人的时候，晓雄老师还没有肚子的时候。能不能回到我第一次见到我的计算机，在那个一家四口住在一间小小的房间里，在父亲手做的双人床梯上画着我和妹妹身高的记号，很穷困，但很温暖的那些时候。

期待回报的爱，不是爱，是投资。爱就只是爱。

我以为只有父母会对子女给予那样纯粹的爱，原来，也有师长会这么做。

会怀念，是因为过去比现在美好吗？

其实是因为自己长大了，换我们要照顾其他人了，我也正努力着，像我的老师们一样为小朋友们付出。

但我仍然痛恨，倒数的感觉。

毁容者

路内 *

　　硫酸厂最著名的毁容者叫"黄瓜"，这当然是绰号，至于真名，甚为普通，全厂两千号人中间至少有三个和他同名的，但那些人都不愿意和他同名，免得沾上了晦气。有了绰号，大家就不会搞混了。这挺残酷的，但不会比他的脸更残酷。

　　我就不细说了，那次事故发生在三年前，据说有人违章操作，害了黄瓜。肇事者本人已经被溶成了标本。

　　我和大飞在硫酸厂实习那两个月里，每天骑车到市区东郊，看到一片灰沉沉的厂房，看到夏季黑得发亮的公路，野花顺着坡道蔓延至远方。由于骑车的时间太久，大飞把一台收音机架在车后，我们俩可以听听新闻和音乐点歌节目。如果开到短波，在某一处拐弯地方，我们还能听到隐约的美国之声。这真是古怪。

　　有一天，我们在那鬼地方听得太久，忘记了上班时间，忘记

　　* 作家，著有长篇小说《少年巴比伦》《花街往事》《慈悲》等。曾获华语文学传媒奖年度小说家等奖项。

了实习生的职责是给车间里的各种师傅打水。打水的情况是：每只手里拎三个热水瓶，在车间和锅炉房之间来回跑，大概有五百米的距离；全车间有一百个工人师傅需要热水，他们用这水泡茶泡药，洗脸烫脚，有时还洗屁股。总之，那天我们迟到了两小时，车间里的工人们守着二十四个空空的热水瓶，用饥渴的嘴巴臭骂了我们。最后，车间主任让我们滚到增压房去扫地。

"如果不扫干净，你们就去扫厕所。"车间主任说。

增压房是用来给空气加压的，那里没有硫酸，没有毒气，相对比较安全。我们走到增压房，看见孤独的黄瓜，在一间小屋子里待着，这是独属于他的休息室。

他的尊容，我们俩在食堂早已见识过。当时我们排队打饭，大飞恶狠狠地对食堂大师傅喊道："给我来份凉拌黄瓜！"大师傅一脸诡笑，举起勺子指指我们身后。我们回头看见这张毁容的脸，差点没吓死。大师傅介绍说："他就是黄瓜！"尽管有在场的工人指责了大师傅的无耻，但你知道的，管食堂的人总是嚣张。因为你饿啊，你为了能够多一点汤水和肉丝，你就得求着他们。这是一种不太好的传统。当然，暴揍厨子的事件也经常发生。

我记得黄瓜当时什么表情都没有，也没说话。后来我想，大概是他脸上呈现不出什么表情了。至于他为什么不说话，在不久之后的安全培训课上，那位嗓音尖利犹如宦官的男性科员向我们解释道，因为不遵守操作规程，不但导致黄瓜脸部毁容，而且嗓子也毁了，他只能发出一些气声。这时，黄瓜是作为违章操作的受害人出现的。

"如果你们的脸也毁了，就只能跟黄瓜一样住在厂里了。"科员说。

"住在厂里挺好的。"大飞故意做出一副无知的样子，"要付房租吗？"

"不用。"科员冷笑说，"但那只是增压房边上的一个小单间，没有厕所，没有自来水，不能用明火。最重要的是，不会有人来和你说话。像你这么一个小崽子，是受不了那种日子的。"

"为什么不给黄瓜住宿舍？"

"因为他晚上出来把女工吓昏过去了。"科员耸耸肩，像欧洲人一样遗憾地表示，"是他自己要求住单间的，我们不会那么不人道。"

大飞嚣张地指出了科员的逻辑问题，毁容了至少可以住工厂宿舍，何必拿小单间来吓唬我们，大飞并不怕女工昏过去，他最好所有的女工都平躺在他脚下并失去知觉。这样，大飞被当场扣罚了五块钱的实习津贴，因为他没穿劳动皮鞋。科员解释说："我可以用很多种方式让你在十分钟之内扣光所有的工资。如果你敢报复我，你将受到制裁。这也是一种安全培训。"于是大飞就彻底闭嘴了。

现在，当我们站在黄瓜的小单间前面，看着他的脸，感到有点难过，还是不看为妙。

我说："大飞，黄瓜从来没让我们帮他泡过水吧？"

大飞说："黄瓜从来都是自己泡水的。"

我说："我爸说，像黄瓜这种情况，还是住在厂里比较逍遥。按工伤处理，国家会照顾他一辈子。如果到了社会上，会被欺负得更惨。"

大飞说："听说他老婆跑了。"

我说："那是必然的。"

我们向增压房走去，爬上铁梯，听到一些声音。这是化工厂常有的声音，待久了你就会听不到。大飞的脑袋上忽然挨了一下，低头一看是一只鞋子。我们回头，看见黄瓜站在铁梯下面，一只脚光着。

"呀！"大飞急了，"就连你都敢欺负老子？"

大飞举着扫帚跳下去要和黄瓜拼命，而我不得不死死地拽住大飞，以免他把黄瓜打烂。说实话，那张脸已经不能再挨一拳了。这时，黄瓜狂奔到铁梯边上，指着一块小牌子，上面用圆珠笔写着三个字：漏，待修。一看就是维修工的做派——他们总是用很小的字来提醒你很重要的事，然后用很大的嗓门来骂你。

"什么漏了？毒气吗？"大飞喘息了一下，让自己平静下来。

"压力空气。"

"空气不要紧。"大飞说。

黄瓜摇摇头，拿过大飞的扫帚，伸直右手拎住扫帚柄，仿佛那是一个钟摆。他保持着这个姿势走上铁梯，再往前慢慢走了两步，这时，仿佛无形之中有一把利刃，扫帚被平齐地割断了。那个高度到我的大腿，到大飞的蛋蛋。我们俩全都看傻了。

黄瓜拿着半截扫帚回到我们身边，仍然用那种气声说："二十五公斤压力。"

"什么意思？二十五公斤压力怎么了？"大飞仍然不明所以。

黄瓜举举扫帚柄，讲话艰难："二十五公斤压力的空气，漏了，就会这样。"趁着我和大飞发愣的时候，他扔掉了扫帚柄，捡回鞋子，走进他的小单间，言语不清地嘟哝着关上了门。我至少听见他说了一句话：白痴小崽子，去别的地方混吧。

厌世求生自白

江鹅 *

　　其实那种"吃一口美食感到无比幸福"的心情，我很少有过。给我取名的算命师说我命带食神，我在家跟着阿嬷，出社会跟着各个雇主，果真吃喝过一点好东西。好东西吃进嘴里的确深感庆幸，需要的话我也能配合现场气氛说出"很顺口，不会腻，在舌尖尝到幸福的滋味"这种话，但是真要说美味能够制造幸福感，我始终不太能够把两回事画上等号。我的幸福水平线并不全然与味蕾的福祉连动，即使是滋味欠佳的隔餐便当，也不能减损我的心情，这大概是我可以长年吃素，丝毫不觉得损失的原因之一。我很少提起这件事，因为不相信别人可以理解，有时候在广播里电视上见闻到饕客对美食的无上热情，特别在暗中感到寂寞。

　　小时候姑姑带我到舅公家买鞋，舅公的鞋铺在菜市场里，一个极其简陋的铺位，勉强用木板隔出上方夹层，一家几口跟堆上天花板的鞋盒挤在一起生活，要睡觉的时候得要猴子似的攀上去，我好事地跟着爬过一次，果然撞垮几摞鞋盒，但生存空间拮

---

　　* 专栏作家，著有《高跟鞋与蘑菇头》与《俗女养成记》。

据的舅公一家对我从来慈蔼和悦，我很喜欢他们。舅婆好静爱猫，时常备着猫饭，任市场里的猫来去饮食。那天姑姑牵着我走进市场，远远看见舅婆的女儿从城里回来，正在铺前招呼小猫吃饭，姑姑欠身对我说，前面那个就是舅婆的女儿，在学校教书的，跟舅婆一样都是怪人，不爱跟人讲话，养一堆猫。我配合着笑了两声，在心里记住这个定义，提醒自己不要成为这样的，连自家亲戚都要加以指点的怪人。

所以我是先试着做了热爱社交的一般众人，摸熟了主流的模式，却在半路上觉得事情不太对劲，才一步一步离群索居，既无奈又自愿地，走上如今这个容易招人关切的、无夫无子的、拙于交际的、只对猫笑的、回家不看电视的、连吃饭都难以随众的人生状态，而且不改其志。近年台湾流行"厌世"梗，用刻薄的黑色幽默戳破各种困顿荒谬的人生谎言，这个提倡积极、团结拼经济的社会，终究走到了这一步，不得不检讨伪善的面目，反省曾经有过的亏待，让我忍不住要老生拂须式地哀鸣三声，社会终于看得见，群体之下存在着多少委屈喘息着的个人了吗？

关于"厌世"，我算得上"资深业内"人士了吧。"厌世"原本为的不是求死，是因为想活，是因为领悟到身在人群立成孤魂，厌离才有活路。在台湾，这个社会对于人生的固有想象，没有太大的弹性。好比吃素这回事，我说自己吃素不觉得损失，那是说我告别了曾经热爱的卤肉饭与炸鸡腿，并不感到遗憾，但是遇到随意打发素食餐的厨房，我是吃得出来自己蒙受什么亏待的，以付了同样饭钱的立场来说，而且是经常。

　　大多数的人，像指着怪人要我留意的姑姑一样，难以想象为什么有人要特立独行，平添自己的阻碍和他人的错愕，在这个爱吃懂吃才是格调的世界里，既然有人坚持不吃肉，那是没有要好好生活的打算了吧！既然如此，随便吃点东西就可以了，毕竟你吃得不好不是众人的问题，是你选择吃素所带来的下场。

　　阿嬷曾经劝我别吃素，因为吃素会害命，我逐渐能明白这个说法。为了吃到一份待遇公平的素食餐，我需要经常去拜托或提醒厨房，现有的材料可以怎么配怎么煮。如果和大家一起跷腿闲聊等上菜的话，事情很容易有出乎意料的发展，不少厨师们明明平日深谙火候与食材的关系，但是一听到素食，想到不葱不蒜不肉，就会忽然好像废了武功，在自己的专业上端出离谱的成果来。然而他们不是没有能力做，只是从来没有关心过习惯以外的做法。当然不只是素食，这世上绝大多数的众人，都不是没有能力好好对待和自己不同的人，他们只是从来没有关心过习惯以外的做法。

　　生活难，所谓怪人的生活又必须比众人庄敬自强一点。我经常需要交代开始吃素的缘由，回答营养学上的质疑，在对方的防备中澄清我并不评判别人吃肉，在施舍的目光之下声明我不同意自己的口欲需要怜悯。必须反复对着众人解释自己的意志，也是令我厌世的一环，对牛弹琴使人疲劳，既然真心解说还是得落得披鳞长角似的怪人下场，我不如就退到边上静静活着，反正众人面前我已经注定格格不入。

　　怪人在这世上找活路，精神意志一般来说已经比常人坚强，他的路要么孤单地走，要么和众人对着干，有时天晴，有时暴雨，也难免会有精疲力竭的时候，那就是魍魉黑夜。众人很难看得出怪人正走在夜路上，因为失去求生意志的怪人走不远，在人群里看起来特别乖巧，会笑会扯淡有时还能歌舞喧闹，夹在众生之间随顺起落，消极等待最后一丝生命力的飘逝，把这个位置让给更适合的人活。在某些时刻，"厌世"两个字会忽然从长久以来蛰伏状态的形容词，瞬间转化为动词，先加ing，随即换成ed，从此和某个怪人的生命一起成为过去。这个时候，众人才要大吃一惊，懊悔当初要是多留意就好了，这句话在三五天的劳碌之后，往往又沦为一个体面的谎，众人自顾不暇，随人顾性命。

　　每当我去到陌生的地区，走遍整条街也找不到任何素食店家可以吃饭，会去问一般食铺的老板，肯不肯做一碗白面拌麻酱，或清炒一份素面给我。被应允，甚至被多问一句"要不要加一把小白菜"的时候，我会觉得自己忽然成为《口白人生》第二集的电影主角，正在演出一段吴念真笔下的剧情，描述着迷惘时代混沌人性里依稀存在的光亮。但对怪人而言，旁人一时的暖心其实不足以挹注长远的生存，真正能够长远的，必须要是平日里可以稀松看待的寻常，就像鼎泰丰里的香菇素饺和素食炒饭，任何时候走进店里，无论点菜的时候好声好气，还是冷面冷语，端上来的都是烹调水平与他人一般整齐的食物。需要等人发挥爱心的对象，怕是难有活路。

　　有时候对于自己身为怪人的艰辛，难免感慨。上一辈为了过上好日子，不惜工本栽培下一代，然而教育这事不单只是拿学历换薪水那么简单，教育是个"买一赠十"的同捆包，书读得够多，见识就会长，思考就会广，独立意志就会养成，翅膀就会硬。某程度来说，这也符合上一辈要我们过上好日子的盼望，人类正在面对的课题，就是要进一步尊重每一个个别的灵魂，捍卫每一种生活形式的自由，让全体生存质量向上调整。无论这是不是旧辈人意料得到的结果，都是我们正在承接的现状。

　　把任何与我们相异的个体，都承认接纳为太阳底下的正当风景，这是人类文明里正在发生的改变。无论喜欢不喜欢，我们都已经来到大队接力的接棒区，只能接过棒子往前跑。这世间哪里有什么东西，能够今昔同一面目，万年齐整不变呢？能变，才有机会进步。

　　有时候我会想，地球上的生命进化到现在，为什么我们是人，而不是阿米巴原虫。是不是最初有一只虫，决心要壮大起来，所以在细胞里种下了基因的突变，成为一头兽；许久之后，又有一头兽，决心要在交配与觅食之外，找到更能诱发生命力的事物，于是在那个关键突变的脱兽基因里，生出一股永不满足的驱动力，朝着远离兽性的方向去寻找答案，于是演化成人，于是我们无法止息地寻找着各种让人类文明更加高明的可能。未必每一个改变，都能通往更高明的文明，但是在心里、在社会当中挪出空间，尊重每一种不同的身份，免去他们怪人的标签，承认每

一个人都享有同样平等的生存权利，那份宽厚与谦卑，至少不会
让我们距离高明越来越远。

　　我是这样相信的，这是我在"厌世"的业障中，从来没有怀
疑过的清明。

赛跑，在网中

颜择雅 *

跟其他网站相比，脸书一大特色，就是数字特别多：通知数、聊天数、朋友数。一登录脸书就必须接受：这是数字主宰的世界。

在这里，数字会影响你的心情，你的判断。抱怨一下半夜失眠，几个赞代表世界还有人陪你醒着，半晌无一赞则害你更睡不着。发一篇无聊"鸡汤"文，如果分享众多，你很难不感到飘飘然，自认是作家了。

数字最能激起比较之心。学生时代考试分数没公开，但老师发考卷回来，底下一定互相探听同学都考几分。公开数字更不用讲。脸书虽有隐私设定，朋友名单可隐藏，点赞数和分享数却摊在阳光下。这里人气无所遁藏，有数字为证。

点进去看旧日情敌的涂鸦墙，除了看见他现任女友相貌美

---

* 加州大学伯克利分校比较文学系毕业。著有散文集《向康德学习请客吃饭》、杂文集《爱还是错爱》等。

丑，也一眼可知他享有多少人气。人气从来不是轻如鸿毛。亚塞·米勒《推销员之死》主角一大悲哀，正是生前最爱拿人气跟妻子吹嘘，自杀后却没人来参加告别式。在脸书时代，这主角只要换大头照无人响应，身后妻小自然知道一切从简。

然而，脸书人气却有一点跟现实不同，就是需要经营。葛丽泰·嘉宝不露脸几十年，女神地位只有更巩固，脸书却不行，必须时时勤拂拭，不然就人走茶凉。这是脸书易上瘾的一大原因，更新了动态，就必须回来检查，顺便看看别人发什么文。你响应别人，别人响应你，这就是在脸书上赚眼球的方式。

把人气转成数字却有个问题，人气这东西可以量化吗？Facebook数字最可商榷处，正是那个赞字。英文是"like"，喜欢。《推销员之死》的主角主张，被喜欢是人生第一要事。这需求脸书听到了，遂给所有动态都安排一个按钮"赞"。奇妙的是只可按"赞"，却没"不赞"或"无感"可按，如此"赞"的意义就奇宽无比。

有人哀悼亲人往生，下面也许多赞。不可能是喜欢死亡吧，难道是嘉许悼文辞采妥切？或许没细读，纯想表现善意？还是点赞只是顺手，等于标记"我知道了，下次略过"？

对他人悼亡无感，当然不是朋友。友谊最基本不是同理吗？单纯以一个"赞"概括人际各种可能的喜怒哀乐、强弱浓淡，朋友与非朋友中间那条线一定模糊。

在脸书时代，二者之间已不是一条线，而是"脸友"（脸书上认识的网友）这词所代表的灰色地带了。这是中文比英文准确的一点，因为不管脸友还是朋友，英文都用friend，不加区分。但中文使用者也不是一加入脸书就知区分，谁一开始不是只想加生活中认识的人呢？但没多久就破戒，也许是渴知产业风吹草动，也许是关心受虐猫狗伤势，反正就是某角落有群人凑一起闲聊，你超想加入，只好发出加好友邀请。一旦破例，没再加第二、第三位说不过去。很快脸友数破三百，半数并无一面之缘，有的搞不好只有一赞之缘。

一赞之缘当然只是脸友，但累积到千赞呢？彼此关注动态，频频互相留言，这样跟朋友有何差别？如果只是没见过面，别忘了，古人许多见面相聚往往空洞，像孔子说的："群居终日，言不及义，好行小慧，难矣哉。"这种聚会并没真友谊，顶多证明谁和谁比较处得来。还有《汉书·游侠传》这位陈遵："每大饮，宾客满堂，辄关门，取客车辖投井中，虽有急，终不得去。"这种人再怎么讲义气，还是做脸友比较好吧。既破坏财物又侵犯人身自由，他的"宾客满堂"我是绝不参加的。

当然，我们不会想跟每位脸友变成朋友，但晤言不再限于一室之内，却大增交友的可能。韦应物的"旧交日千里，隔我浮与沉"如今已不成问题。本来我们在转学、换工作后常有李商隐"新知遭薄俗，旧好隔良缘"的感叹，如今拜脸书之赐，"旧好"已随时可对话，"新知"也不限于学校、工作场合遇到的了。

说脸书可带来真友谊，许多人也许不信。然而从古至今，友谊内涵本就不是一成不变。今日朋友不管如何意气相投，称兄道弟，也不会像蒙田，写《论友谊》时明明已经结婚，却称亡友才是"另一半"。今日两个大男人睡觉盖一条被，别人很可能认为是断背山；纯友情而走路手拉手，则是小学女生。然而杜甫怀念李白却有"醉眠秋共被，携手日同行"之句，没人觉得肉麻。

许多人不屑脸书，因为太多吃喝玩乐，不就是炫耀吗？殊不知，炫耀是否值得同理，也因人而异。大财主炫富令人讨厌，大财主的妈妈炫耀儿子会赚钱更是讨厌至极。但如果凡夫俗子炫耀一下小小快意，那就另当别论。

契诃夫《吻》写的就是这么一位凡夫俗子。小兵去豪宅做客，误闯伸手不见五指的房间，不知哪里冒出一位香喷喷小姐抱住他吻一下就夺门而出，他当然知道吻错了，却还是自珍自爱那幸运的脸颊方寸，拼命揣想小姐的相貌身份，喜滋滋一夜一天，再来需求是什么？当然是炫耀！没想到，想起来绵绵无绝期的一吻，竟然两三句就讲完，战友发觉没香艳可听，反应冷之又冷。

这就是没有脸书的悲哀。若在今日，小兵只要上传几张豪宅美食照，再写："另有小小艳遇，虽无照片为证，心脏依然快速跳动着。"下面就会有一堆赞，再加"超羡慕"之类的留言。

凡夫俗子的人生总是辛苦无聊，享乐也往往像契诃夫笔下的暗室惊吻一般稍纵即逝。拿出来炫耀，不过想延长一下脑内啡分泌而已，这是很卑微的需求。孔子看不起"友善柔"，殊不知偶尔善柔一下是只有朋友可以展现也最应展现的同理。常言"患难见真情"，但不是乱世，陷入患难只有少数才对。对多数来说，"炫耀见真情"实际多了：你在星级饭店打卡，真朋友就应该留言"你值得"。谁如果只恼恨人生不公平，不给赞还取消关注，就不是朋友。

现实中，非朋友变朋友常需要交往一阵，少数是一见如故。朋友变非朋友，正常状况是疏远，少数才是绝交断交。友谊不像亲子手足有切不断的血缘，不像婚姻有契约束缚，亦不像爱情受荷尔蒙宰制。因为只凭理性意愿取舍自由，最能显露品德，哲学家才特别喜欢论述。

这自由呈现在脸书上，就是加友删友，好像一本名册，随时需要编辑。

所谓编辑，常是看到一句粗鲁留言马上删友，或邀请太多懒得筛选干脆一口气加友数十。若非脸书设上限，许多人真会加到五千以上，将来再删。问题来了：脸书有增加朋友数吗？

关于朋友数，这领域的权威是牛津大学演化心理学家罗宾·邓巴。他观察，人类交往圈是大脑新皮质大小决定，成员虽会变动，不同亲疏程度的数目却不变。若把泛泛之交也算进来，交往圈平均应是一百五十，有吃饭喝酒交情的通常是五十，失意可倾心的数目则是五。这就是所谓"邓巴数"。

邓巴发展出一套人脑演化理论。不是所有社群动物都需要交友，鱼虽然集体觅食，却不分工，因此不需辨认彼此。灵长类脑力先进多了，同群有尊卑，有亲疏，需要互助育幼，因此不只需要以声音、外表相认，还互相理毛。然后，人类远祖从森林移居草原，为了应付危机四伏，身手必须更灵活，合作也必须更多元，于是人类学会讲话。聊天不只跟理毛一样联络感情，还节省时间，不必占用双手。

这么说来，脸书其实与猴子理毛是一脉相承，都是维系社群的手段，只是越来越有效率而已。果然，依据邓巴研究，脸书内外"邓巴数"都一样，就算脸友五千，实质互动依然只有一百五十上下，最密切依然差不多五位。

这就要讲到脸书取名的由来。"脸"字是它本来只收集美女照片，供哈佛男生交女朋友参考用。这么说来，它一开始的设计，就抓住人类"社会脑"核心：认脸。除非脸盲，这能力是人类一出生就有，到老都不退化的，不像语言学习，成年就大大不行。婴儿出生没多久眼睛就知搜寻人脸，不是人脸好看，而是人类天生有透过脸去认识人的需求，这是脸书易上瘾的另一个原因。

至于"书"，脸书的确可以阅读。但跟书不一样的是它无终始，随时可插入，可离开，跳几页也不觉遗漏。又因为每则动态只是切片，上下风马牛不相及，不需注意力持久，是零碎时间最好排遣。这点也让人易上瘾。

事实上，脸书只有对用户来说才是书，对脸书这家公司来说，它是一张网。用户增加，就是网越来越大。点赞、留言、分享，就是网线越来越粗、越来越纠缠。我们每人都是数十亿网点中的一点。王熙凤跟刘姥姥说："朝廷还有三门子穷亲戚呢"，脸书不只能看见刘姥姥是一个点，皇帝是不远处另一点，脸书还知道，刘姥姥只要加谁再加谁，就可跟皇帝有共同"脸友"。

也就是说，脸书知道所有人在网上的确切位置，我们则不知道。连位置都不知，遑论我们跟他人远近了。脸书也代我们决定，每次打开脸书，入眼的五则动态是哪五则。在我们下线时间，我们所关注的新动态应该起码有一千吧，脸书却挑这五则出来，背后运算法是不分享也不给讨论的。

这就回到前文讲的，脸书所带动的人气比较。你也不时更新，我也不时更新，都是为了这运算法。它就像刘易斯·卡洛尔小说《爱丽丝镜中奇遇记》中的那位红色皇后，在她主持的赛跑中，人人都必须没命地跑，才能留在原地。红色皇后认为，只有在很慢的世界，才有向前跑这种事。

即使在慢世界，也有人跑输，例如告别式没人来的《推销员之死》主角。若在脸书世界，人气再怎么不行，儿子写悼文也一定有人按赞吧。但如果跟父亲只是纯"脸友"，给儿子按赞后应也会删掉父亲，这是例行编辑动作。

我有一位亡友，去世好几年了，但我从不考虑删她。虽然她的涂鸦墙我该点赞的都点了，该留言也留言了，但我还是不时会搜寻她出来：滑到最底下有她出生那年，再来是她加入脸书那年，最上面却没注明她死亡那年。脸书当然知道我仍关注她，但运算法已不可能再把她的动态送来我首页，时间在这账户已经凝固。

我们所有账户的未来都是如此。我们身处其中的网持续扩大，新世代加入赛跑，旧世代渐渐"访旧半为鬼"。等你老到不想再更新，"脸友"根本不知你只是懒，还是阎王那本不停重编的名册最近已经注销你名字。如果有人为你发悼文，识与不识都会按赞。但只有真朋友会在多年后回来重访你的涂鸦墙，并渴望有某种运算法把你的消息送回他首页。

哪个是老师？

亮轩 *

系里面打电话来，要我尽快到学校去一趟。现在已经放暑假了，许多老师都已离岛。我只是在家避暑，想要好好地读读非关课业的书，想不到依然不得安宁，问说要开什么会啊？系办说只请我一个人去一趟，难免狐疑。

进入系主任办公室，主任只说，有一个学生考试分数不及格，能不能改成及格？只要六十分就好。

教了好几十年的书，这样的要求还是头一次遇到。系主任说了学生的名字，我一下子就想起来了，这个学生常常缺课，大家都知道我是有三次不来就肯定给不及格的，他超过了许多。我知道来不来上课跟及不及格不一定有必然的关系，然而学校存在于一个制度之下，凡是制度都有标准，上班的要上班，上学的要上学，做工的要做工。都不来上课，也可能聪明睿智，那就不必在这个制度之下苟且了，有的是大好前程可以去开创。这是我公开

---

* 著有《青田街七巷六号》《情人的花束》等。曾获"中山文艺散文奖"及"吴鲁芹散文推荐奖"。

的说法。

　　私下的想法是我不点名计较的话，就不太有计分的标准。单单依试卷打分数，而题目又是申论为多，难有一定的尺度。有一年在其他的系里兼了一门课，那个系的学生实在不用功，不及格的多了一些，结果是他们的系主任亲自打电话问我标准何在？我只好给每人的成绩加一定的分数，让大家都可以过关，申论题要说有什么一定的标准很难解释。要加分都要加，不能说只把当掉的那些加加了事，所以那一次他们好多人得到了满分，只好如此，要不就要有一百二十分的了。这是我维持一点可怜的公平的手段，以后人家当然也不会再找我兼课了。也还有其他的考查项目，如笔记，如小考，如随堂口试。但是也同样困难重重，学生请假没来，就有权利要求为他们单独测验，也是不胜其烦。好在多年来自己费些事，也无大问题。但是系办要求把已经送到教务处去的成绩重打，从来没遇到过。

　　原因不是因为这个学生有什么特殊的背景，而是他知道他这一门过不了关之后，到教务处苦苦央求，说是他会让他爸爸打死。我没见过他爸爸，也不知他爸爸有没有打死人的前科，心里有一点不是滋味儿，但马上就想要给及格给了就是，虽然不一定因此才救了他的小命。从教务处到系办都要支持他，我干吗为难？马上在一张便条纸上承认打错了分数，给了个六十，就回家了。我细想这个学生，花样不少，有一次他快到下课才来，显然是怕我给不及格，随手带了一片机车上的挡雨板，说是在路上跟人家撞上了，耽搁了时间，要大家看看证物。我看他身上没有一点伤，只说没事就好，全班却哄堂大笑，还有这一招的！这个学生缺课的理由很多，每一次都很有创意，这是最精彩的。

大概过了几个星期吧？我忽然急急忙忙地打电话给系办，要求把那一门课的学期成绩再拿回来给我重打。我发现有一个严重的忽略，是这时才想到的，既然他都可以及格，那所有不及格的学生也都应该让他们过关，而且，全班都要加分！遗憾的是，来不及了。制度嘛，来不及了。那么，我也就马马虎虎算了，这一件事便搁了下来。继续读我的课外书，不亦乐乎。我算不得什么有原则的教师，心里很明白。

也要检讨自己，怎么会把自己搞成这样？记得过去曾经得到教务处的一个非正式通知，大意是说，建议出题尽量出是非选择简答之类，以外没多说，这个通知不仅是给我的，大家都有。但一看就知道，申论题很难把打分的标准说得钉钉板板，因而学生就有了抗议的空间，各级办公室也不胜其扰。但是我想高等教育不考申论怎么行？一向不怎么遵守。高等教育甚至应该普遍开卷考试，我认为。律师与法官可以带六法全书出庭，学者可以把参考书放在手边做研究，为何学生考试不得开卷？多年后遇到一位在大学兼课的仁兄，他也主张开卷发挥，但是考试时间长达八个小时，足以证明不怎么行得通，但是我个人是有史以来就开卷考试，很不同意背诵可以等同理解。试卷连同笔记一起交上来，以便查对。这样子也不一定就完全公平了，尽心而已，不想让平常用功的学生吃亏，"好人不吃亏"，这一点很重要。一直到离开学校为止，开卷考试这一项，执行到底，是否有用，无法确定。

　　新学期开学了，照例点点名，却发现有一位男生不见了，不是点名他没来，而是从点名单上消失了。这是怎么回事？系办助教跟我说，他不及格的课程太多，有的是三修，也就是重修了三次，不能再修了，因此丧失了就学的资格。不用说，不及格的课程中就有我教的一门。进一步了解，方知要是我手中的一门没给他不及格，他是可以保留就学资格的。

　　因此有点自责，怎么那么大意，在依教务处要求重打那个学生分数的时候，怎么没想到其他人也应该同样比照？没有会打死他们的爸爸也应该让他们过关。现在，要完全的公平是不可能的了，比如说历届被我评为不及格的学生，怎么可能恢复他们应有的权益？然而同一班同一届而有不同标准是说不过去的。补救已完全没有办法，心里很闷，甚至想，也许在性格上的坚持，是自找麻烦，这种坚持有必要吗？记得有一次为研究所报考的学生阅卷，在集中的阅卷室，我一个小时看不了几份，一连要看好几天。却见到一位原来从未出现的教授，翻卷子比数钞票都要快，十分钟不到，厚厚的一叠试卷就打完分数了，真是叹为观止。可阅卷费他还不是照拿？我为那些来考的学生抱屈，你们那么想要更上一层楼，但是辛苦的成绩是给人这么打下来分数的。可是谁也拿他没办法，我也不会去告密，真告会成为大笑话。

　　开始关心这个不知去向的学生，跟系办打听，知道他已经找了一个工作，好像是在大卖场打工。看来他身强力壮，大卖场给他的应该是要用力气的工作，他有了工作，我心里好受一点。却依然忍不住会常常在其他同学那边问起他，我想要是可能，我愿意给他一点补偿。但是我一无金脉，二无人脉，他真的要我帮忙，我可能一筹莫展。当一个教师，没有什么可坚持的本钱。

　　慢慢地知道了他更详细的背景。原来这个男孩子年纪要比一般的学生大一点，却免服兵役，不是他的健康有问题，而是他有一个非常复杂的家庭。父亲早已去世，应该是个退伍军人，母亲有智障，生了两个孩子，他的姊姊，也是智障，而且，他家远在彰化，家里两个智障都要靠邻人照应，他是家里唯一身心健康的正常人，也进入了大学，不幸的是家里常常出状况，一下子哪一个走失了，一下子差一点失火了，便是邻居照应，也不可能面面俱到，他常常要赶着回家处理问题。缺课，无法如期交作业，考试也不会理想，都肇因于此。他总是紧紧地抿住嘴，后来想想，那应该是一种习惯让自己忍耐的神情。想不起他跟我说过话了没有。

　　很后悔没有及早去了解学生。当然，要是给自己非让他不及格的理由，很容易找到，但都被痛苦的自责击溃。对他，我什么都帮不上，但要给一个及格的分数是办得到的。也许他因为有了这一个特殊的家庭，反而特别的逞强，不肯向我道出他的不得已。而作为一个老师的我，给人的印象是很严厉，对自己对学生都是如此。我用功地备课，你们就给我好好地上课，天公地道。谁知天下事总有我们想不到的地方，那个分数有什么了不起？想当年，顾维钧在哥伦比亚大学读博士，北洋政府忽然要他回去当外交总长，年轻的他总认为学业未完成有点说不过去，哥大马上发了张博士文凭给他，他也就成了重要的历史人物。便是我自己的父亲马廷英博士，一篇论文得到了德国柏林大学及另一个大学的博士学位，当时德国他连去都没去过，只能说，柏林大学太爱这篇论文了，也参一脚，有何不可？这位同学有这样的一个家庭，他却默默地担负了照应两个智障亲人的责任，又要极力地应付学校的课业，无非是想，以后可以因为有了大学学士的资格，找工作容易一些，妈妈跟姊姊都可以过好一点的日子。

我要了他的电话，试着联络他，我什么补救的办法都没有，那就郑重地说一声对不起吧。他非常惊讶老师居然会打这个电话给他，直说没有关系，没有关系，他本来就有点不想念了。我想他不想念就是因为我这个老师，心中愧疚更甚。但是许多话也说不出更说不清了。

当年曾遇到一位兼任老教授，昔年是一位大将军，在学期末，他给了全班每一位同学一百分，教务处问他为何如此？他响应得非常经典："个个都可爱，统统一百分！"是啊，八十多岁高龄的老将军，经历过许多沙场上的硝烟弹雨，看到这些年轻的孩子，个个都可爱，为何不可都给一百分？分数有什么了不起？我们曾经学过的东西，又有多少到今天还有用？连科目名称、教授姓名等也都忘得干净。

那天系里要我回去做一场演说。刚刚讲完，有个男子抱着个小娃娃到跟前跟我打招呼，居然是他，我反倒有点紧张。他已经结婚生子了，他要儿子来看看他的这位老师，显然，他没有恨我，还有些肯定我。听到了我回校演讲的消息，就特地来见我。

过了好几年，看来他还是老样子，紧紧抿着的嘴唇，似乎有点怕
阳光的双眼，好像总看到一些我们看不见的东西。环抱着孩子的
手臂强壮有力，沉着的气质依然。我一时也没什么话好跟他讲，
只客套了两句，人生就是如此，最深的愧疚，最高的敬意，都只
能藏在心里，是表达不出的。他只管让小娃娃叫我老师，我心里
想，谁是老师啊？别扯了。

贰

家 的 温 度

真相
平路 *

真相之一

回到那个早上，引出真相的话题。

你与母亲坐在阳台上早餐，对于即将听到的事，你没有任何
预感。

之前，你去了美国一趟，长途飞行辛苦，你让母亲留在香
港。或者是那段时间她觉得寂寞，你回来后，母亲常在小事上找
碴儿，话题总绕回父亲骨灰还没有入土那件事。

父亲骨灰暂放在台北，揣摩父亲最后几年的意向，应该是
想要归葬他的原乡。父亲过世一年，墓碑托人造好，镌刻的字都
遵照母亲的意思，偏偏父亲原配所生的儿子对墓碑的字有意见，
这件事没办法达成协议，骨灰就不能在父亲老家顺利入土。你揣

---

　　* 著有长篇小说《黑水》、短篇小说集《蒙妮卡日记》、散文集《浪漫不浪漫》、
评论集《爱情女人》等。曾获"吴三连文学奖"。

度，如果自己送父亲归葬，到父亲老家亲自处理，事情会有圆满的解决。你知道那位同父异母的哥哥介意什么，墓碑上的刻字全依了你母亲，对他那身为原配的母亲一字未提，而你相信若是与哥哥见面谈，你们两人一定可以商量出办法。毕竟因为你，哥哥才在离散数十年后父子团圆。那是多年前，亲戚酒后说了一堆醉话，你觉得奇怪，由那堆语意不清的话，你狐疑着父亲有原配，父亲与母亲婚前还存在另一个家庭。当年，你为寻亲去了一趟大陆，大妈已经辞世，那是第一次，你见到这位长你十几岁的哥哥。某个意义上，因为你从中穿梭，父亲才把失去的儿子找回来。

自从母亲来到香港，你向她解释过许多次。但母亲听不进去，她脾气来了就嘟哝一阵，认为职务不便是个托词，只是你推诿不去葬父的借口。

那天早上，阳台上用早餐，母亲放下叉子，突然开口，说出那句牵引出后来所有真相的话。母亲说："不去葬你爸爸，是不是你怀疑，你不是爸爸生的？"一秒也没有多想，你回答："没有！"事实上，你飞快说"没有"，因为你从没有这样的怀疑。下一秒灵光一闪，仿佛反射动作，你问出一个母亲措手不及的问题。你接着问："那，我是不是你亲生的？"

空气僵住。半晌，母亲开口。从此，世界破了一个大洞。

真相无所不在，可惜人们看不见它。

那天早上，真相突如其来。然而，真相它真的突如其来？

你顺着母亲的话，瞬间问出让母亲愣住的那一句，是因为童年时候，你心底的问题从来没有得到真正的解答？

"必然有那样的片刻，门打开一条缝，让人偷眼盯到未来。"童年时候，那扇门骤然打开，你眼中盯到过什么？

成年后，一个品牌刚出来，你看见立刻就很着迷。那品牌的裙子与洋装，你一件一件地买回家，为的是衣服上的造型人物Emily——黑头发，黑眼睛，前额被刘海遮住。看她那么眼熟，是不是因为小时候，你的样子有些像她？

造型人物的全名是Emily the Strange。Emily是怎么样一个小女孩？头发披下来盖着眉毛，由发丝遮盖的眼里看出去，那是怎么样的世界？

童年记忆中，你的头发披散在前额，遮住半边面容，只露出一只左边的眼睛。从细碎的发丝之间看出去，由大人的嘴形变化，你猜得出他们说些什么。仿佛在潜水艇舱底，舱底装置的潜望镜向海面一寸寸升起，看到了，看到了，大人的嘴一张一合。凭小女孩的直觉你在猜，大人们在一起，他们骗来骗去，说的常是好听却不一定真心的话。

一个人的时候，望着镜子，你看见自己迷惑的眼神。眼神中全是问号，不知道该怎么样理解这个怪异的世界。

　　你回忆起那些阴森的晚上，老鼠吱吱地在天花板上爬。你望向高处，天花板与梁柱间结了蛛网。蚊虫吊在网上，扇动细小的翅膀，翅膀发出奇异的荧光。你从床上坐起来，脚尖下地，踮着脚经过父母的房间，你听到窸窸窣窣的声音。大人不需要睡觉吗？为什么隔房的父母总是醒着？

　　真相像剥洋葱，剥开一层，现出底下一层。

　　母亲对你温柔地笑过？记忆中好像没有。

　　母亲常在外人面前说自己多么慈爱，用言语形容她对你多好。掩上门，没外人的时刻，母亲收起笑容，换上另一副面孔。被母亲责罚之后，如果你哭丧着脸，必定又是一顿骂："作孽，好好的日子不会过，给家里造业呀你。"母亲经常挂在嘴边的是："一张苦脸你摆给谁看？把你爸爸气死了，你怎么办？"

　　长年来，你以为问题出在自己，为什么生下来就不是父母喜欢的小孩？

　　母亲经常向人叙述流产的经验。据母亲说，那是在你之前，逃难的颠簸中，胎儿保不住了。这段经历你听了不知多少次。你翻转眼珠，听母亲怨叹地说，流产的胎儿已经成形，她说："看得出来，是儿子。"当时，你似懂非懂，而唯一确定的是，你怪自己不是儿子，母亲没有得到……她想要的那个婴儿！

那时候，你记得自己跪在床边祈祷。哪一天，像主日学发的卡片一样，马槽边金光闪闪，奇迹般地，母亲若能够生出一个男婴就好了。

真相它突如其来？如今回溯，许多事都露出玄机。

记忆中在小时候，大人不喜欢你绕在身边。当父母一起谈笑，父亲见到你，习惯性地皱一下眉头，空气中多出一份不自然。你记忆最深刻的是，父亲瞅着母亲，接下去，望向你的眼光立即罩上一层寒霜。

后来，遇到小女孩嗲声撒娇，你总痴痴地看。小女孩偎着父亲，双手钩住父亲的颈子，你望着，说不出心中有多羡慕。

你一早就识趣地学到，在家里，躲避"地雷"的方法就是让自己隐形，不要随便发出声音。读书写功课是最安全的事。成绩可以被母亲在人前说嘴。司令台上领了奖状，回家来，壁纸一样贴在墙上。

那些年，你努力做个乖巧的小孩。留了几年的辫子，终于要一刀剪下，在美容院老板娘提议下，成了你母亲脑后的髻。美容师傅捧着镜子，母亲前前后后满意地照。美容师不停赞美，一径说人发比假发看起来滑顺。那一天，你觉得自己可是派上了大用场。

你努力博取母亲欢心，只希望她对你的脸色好一些。

学校课堂上写作文，题目是《我的家庭》，你抄了不少孝心与亲情的句子。作文本发回来，捧着老师画红色双圈的文章，母亲在客人面前大声念诵。那时，母亲显然对你的表现很满意，但不知为什么，对着作文本上自己写的字，你脸涨得通红，一副撒了谎的不安模样。

"我总对母亲撒谎，她也对我这样。"《科学怪人》的作者玛丽·雪莱，什么情境下写出那样的话？

你曾经猜疑？看出一些不对劲的地方吗？为什么，你终究是……什么也没有猜出来。

若为自己找理由：如果你在早年看穿了所有的事，清楚了所有错综的关系，包括，声称的爱里带着多少伪装，以及作文本上的真情句子带着多少欺瞒；如果一早知觉到太多不该识破的事，你能不能够顺利长大？

即使长大了，你会是怎样一个人？你究竟是怎样的一个人？

从小，你的感觉就是不对劲。后来你读到雷蒙·钱德勒的小说，钱德勒的用语是："A world gone wrong"，当年，你被丢入乱了套的世界里。

　　知悉身世之后，你推回去想，错了、全错了，但不只是你，在当年，你母亲或许也是同样的心境。对着你，来自另一个女人的小生命，养也不是丢也不是，她的世界乱了套？你母亲不知道该怎么做。面对着无助的婴儿，说不定她也努力过，想要压抑不愉快的过去、想要不存芥蒂地养育你。说不定，她确实试过像亲生母亲一样恪尽母职。

　　怪你，都怪你。显然地，婴儿时期的你没有勾起母亲太多柔情，即使勾起了也不够多。当你渐渐长大，母亲很容易就看出来，这孩子生着一对敏感的眼睛，不经意就会盯到事情的裂隙。又因为其中原本掺着假、有让大人心虚的地方，你愈是想要讨好她，看在母亲眼里，愈代表另一重挑衅，向她强索她没有的东西。

　　后来，母亲更不知道怎么对待一个成长中的少女。

　　成长阶段，你戴一副重度近视眼镜，胸部藏在宽大的制服底下，看不出任何发育的迹象。你总庆幸着比起女校的同学，自己没那么女性化。好在月信还没来，你是月信来得很晚的女孩子。

　　月信还是来了，每个月泛出一片红，那是母亲口里的"脏东西"。衣服上偶尔染到经血，母亲总责怪你粗心。母亲用鄙夷的口吻对你说："'脏东西'自己洗干净，用另一个盆子，别沾上你爸爸的衣物。"你当年听到时觉得不解，母亲对着她自己的"脏东西"，脸上却是想要挽回什么的表情。那时候，母亲坐在马桶上，对着卫生纸上湿润的浅红，"快停经了。"她叹口气说。

母亲坐在马桶上那幅画面，为什么在你记忆中那样清晰?

写字，打毛线一样，拆了又织、织了又拆。补缀一些记得的片段，总又漏掉了更重要的线索。你努力拆拆织织，拼不出完整的图像。

它纠结、它缠绕、它含混、它难以言传，为什么记得这一幅却忘掉另一幅? 而努力忘但又忘不掉的部分，是不是隐指着你生命中无能弥补的伤痛? 借用帕慕克的说法，对作者而言，化成文字的其实是自己的第二个人生。第一个人生之中，你会不会仍是那位乞求母爱的小女孩? 总想着怎么样更可爱一点，因之可以获得母亲的爱。

第一个人生，被深藏在底下，因为它太伤痛或太曲折?

第一个人生之中，其实你一直是，一直是痴想要不到东西的执拗孩子。这份痴想，反映你身上不能够还原、不能够统整的部分。

它无法还原，代表你在与人近身相处的障碍; 它无法愈合，让你在应该打开心扉去爱的时候产生距离。《洛丽塔》书里，纳博科夫笔下，男主人翁是中年大叔亨伯特，痴狂地追求女儿年龄的洛丽塔。亨伯特心中，想着的是童年的挚爱安娜贝尔。傍在洛丽塔身侧，亨伯特却在心里呼喊："噢，洛丽塔，如果你曾那样爱过我多好！"

将"洛丽塔"换成母亲，那是你心中默默地呼喊："喔，母亲，如果你曾那样爱过我多好？"

当年一篇回忆童年的文章中，你曾经形容那种绝望的心情：隔着一层厚厚的玻璃，里面是明亮而温暖的世界，我站在那样的世界外面，想要说什么，我发不出声音，咚咚敲打着，里头的人听不到。隔着玻璃看过去，那是一个人声众多的世界，……到今天，我依然被阻隔在那个世界外面。

你觉得被阻隔在世界外面，有时候更觉得自己头上贴着标记，因此被分到做错事的一边。谁教你生来就是会犯错的孩子？而大人的一切努力，乃是预防你在成长过程中犯下大错。

记忆中，母亲把所有的愠怒化为你听不懂的语言，每句话都像铁锤，敲在你身上，它有千钧的重量。

不要失足、不要任性、不要自甘堕落、不要污辱家门、不要……

每一句都是冷冰冰的语言，预防你可能犯下大错的语言。你闭上眼睛听，铁锤凿下来，命定了的，自己是一个会出错的孩子。

仿佛要印证这份命定，小学五六年级开始，在母亲眼中，你周遭没有一个好小孩。男生女生，没有一个不是包藏着祸心。同学们在你家低于地板一大截的玄关里站着，接受你母亲从高处的打量。

站在同学旁边，你紧捏着制服裙角，不敢出声。你知道，自己怎么说怎么错。

家里来了客人，叫你出去见客，裙子下的两腿如果没有并拢，意味着你"站没有站相"，客人走后母亲会继续开骂："小小年纪就站没有站相，将来大了，包你管不住自己！"经过卧室房门时你偶尔听见，母亲的口吻充满忧虑，向父亲复述那必然成真的前景，必然会发生，你生来就是祸害到父母的女儿。

预言有它自我实现的准确性？你的青春期果真格外动荡。

那些年间，父母看你不顺眼，你看自己也不顺眼。当时的心境，借用王文兴在一篇小说里的说法："像一朵过重的花开在一枝太纤细的梗茎下。"有时候回家迟了，你编各种理由，回答母亲的质问。一回又一回，母亲戳穿你的谎言，接着，她用最不堪的言语挫伤你的自尊心。其中没有感情作为缓冲，那份挫伤就格外刺痛。

那些年，与童年的温顺不一样，你的响应方式伴随着暴烈的自残。

一次，你吞服过大量的安眠药，差一点死了。如今镜子里仍然看得见，你额头上留有一道弯曲的疤痕。当时，父亲急急抱你出房门，撞到门柱的裂伤。

准备吞药丸的那一天，你先寄了一封信给你最要好的女朋友。大意是跟她说，信到她手中，你已不在这个人世间。事后，听她说，她接信冲进你家客厅，问你母亲你人在哪里，你母亲闲闲招呼她入座，跟她说你出去逛街，不用找你。

当时，你正躺在医院里，洗胃后等着苏醒过来。

那时候，你大学一年级。

一件接一件，由安眠药的事件揭开序幕。后来你开始逃家，坐火车，坐长途客运巴士，在亲戚家借宿，或者在朋友家住下。那些年间，你与父母的冲突愈演愈烈，你的抗争手段也愈趋极端。一次，父亲在母亲的怂恿下，透过他熟识的警察大学校长，找来少年队的人，坐在你家里，等你回家问你话；又有一次，你与父母发生争执，你一路跑，父亲抢着棍子在巷子里追，追到马路上……如今回想，你的恋爱以及婚姻都是逃家的手段，你告诉自己跑快一点、跑给你父母来追，这次跑更远一点，不信他们还能够把你追赶到。

大学毕业后，你申请奖学金去美国念书，半年后在拉斯维加斯结婚。小教堂有个好听的名字，叫作"烛光"。三夹板搭的尖拱屋顶，活像电视剧的布景。招牌上挂着二十四小时服务，收各种信用卡。证婚的牧师满脸油垢，活像是在哪家赌场刚发完牌，直接赶来，套上牧师袍，做这份神圣的兼差。

一切实时又即兴，那是你今生唯一一次的婚礼。

牧师宣布你们是"husband and wife"之后，你特意走到门前大街，跟教堂招牌上收各种信用卡的标志合影。

沙漠的熏风里，照片上的你披散着长发，戴宽边软帽，嘴角有一抹浅浅的笑。嘴角的笑容……是嘲弄自己逃出重围？还是揶揄父母再也追不上你？

从恋爱到婚姻，你采取了最激烈的方式。问题是，曾经吓到过父母吗？

对母亲，你所有的乖戾举动，恰恰是预期的结果。从你进入青春期，母亲就一直放出警讯，你注定会闯祸，注定会做出影响全家"清誉"的事。

当年，对二十二岁的你，用自己作为赌注，似乎是唯一的方法，你以为自己可以赢。

青春期的每次恋爱，一次又一次，其实在强化你那敢于叛离的自我。你偷偷摸摸赴约、偷偷摸摸回家，你很早就学会了带着罪恶感的奇特欢愉。那段时间，吸引你的都是长着反骨的男人。
恰似那句："手里握着剃刀，才知道生命的银丝多么容易断！"
当年，带着某种自虐，在情爱里，你期待的是……剃刀边缘的
快感。

对你而言，没有叛逆就没有欢愉。那时候，爱情是叛逆的同
义字，关系一旦稳定下来，很快就发现对方不是，你也不是，原
来对方丁点不像、丁点不符合你所塑形的"爱人同志"！之前你
恋上一个人，只为让自己的肾上腺素激增，等到这功能消失，关
系很快就无趣起来。对没什么理由就失去影踪的激情，莒哈丝在
小说中的用语是："像是水消逝在沙子里面。"

前半生，无论碰到怎么样的男人，没有人适合你。你无法想
象，遑论去努力，感觉上是命定的绝望，简单说，你根本不相信
这世上有值得相守的关系。

问题却在于关系中不只你，还牵涉着别人。回溯起来，当年
被你胡乱编排在剧情的男人，常是无辜又无所觉地……接受了功
能性的角色。过了这么多年，你可曾认真问你自己，对无端被牵
涉进来的人，有没有试着……找机会说一声抱歉？

多年后，你与中学同窗胡茵梦有过一次对谈，你们谈到当
年，吸引自己的常是负面能量的男人。与胡茵梦毕业后未见，坐
下来立即谈得深刻，也因为你俩都不是出自正常家庭的孩子。

　　相隔这些年，表面看起来，你们各自以不同的方法，走出了自己的伤痛。当你们继续谈下去，不经意间就从彼此身上辨识，在最没有阴影的笑容里，仍留有一缕难以释怀的什么。

　　对坐着，你们灿烂地笑，一件事牵引出另一件，忘掉的又记了起来。触碰到那深埋的缝线了吗？你们相望，惊觉到当年的疤痕，惊觉到伤痛还在那里。

　　是因为匮乏，因此更饥渴于一份爱？当年，总是寄望……眼前出现一个人，为你照亮生命中的阴霾。

　　回溯去看，在你年轻的时日，期待的哪里是爱？你寄望的是肩上插一对翅膀，只可惜那不是牢靠的翅膀，它遇热会融化。如同希腊神话中伊卡洛斯的悲剧，想展翅飞过海洋，飞到高处，才知道配备的是一对蜡做的翅膀……

　　那时候，愈是急于高飞，愈是不免坠落的宿命。当年你不知道波折的前景，你每天揉揉眼睛从床上起身，正常地开始每一日，因为你是蒙着眼睛一路往前。如今回头想，你要是事先知道，知道每个动作对尔后的影响，包括对另一个人带来的影响，那么，你根本不该试探，你不该骚扰别人的心，不该像猫咪的爪子四处搓磨……

　　到今天，往事愈来愈模糊。你靠旧照片勾起尘封的记忆。一张照片是你面对大海，年轻的男孩在替你拍照。你脸庞洋溢着玫瑰色的光润。

你依稀记得，那年是在垦丁海滩，某一段感情初萌芽的时刻。照片上，你逆着光，侧脸上有灵动的光影，看起来在遥远的海面上，似乎有你心里所憧憬的什么。

另一种可能是，越过眼前的景象，你听见了远方背叛的号角，《生命中不能承受之轻》书中，萨宾娜耳朵里听见的那一种。

真相之二

换个角度来看，你身上的叛逆，又不只是叛逆而已。

把你前面的人生铺在地下，审视一路走来的脉络，其中的轨迹之一，竟是想要长成与你母亲不一样的女人。

这个力量足够吗？仅仅为了长成与母亲完全不同的女人。

成长阶段，但凡母亲身上的特质，你选择的方式是自动剔除。

母亲喜欢在人前展现歌喉，你几乎从不开口唱歌。音乐课站在台上，你满头大汗就是唱不出声音。小时候你记忆不多，曾经很长一段时间，你重复做同样的梦。嘴里塞满棉花，噎住的感觉。然后你憋着气，从梦中醒来。

对表达自己，你始终有很大的障碍。想要与母亲有所区隔
吧，在人前流泪的生理机制，一早也被你自动剔除。

记忆中有许多次，你蹲在地下，从水盆里绞干毛巾递给父
亲。父亲屈身在母亲跟前，一面低声认错，一面用热毛巾按摩母
亲手脚。母亲纤小的拳头捏在胸前，嘴唇发紫，浑身打哆嗦，眼
看随时会休克。直到父亲认下全是他的错，母亲才愿意张开握得
死紧的拳头。显然每次都奏效，你听着父亲对母亲说："不敢
了，我再也不敢了。"

记忆中最清楚的是，从头到尾，母亲眼眶里饱含着泪，不时
有一串水珠沿着脸颊挂下来。

莫非是看多了母亲富戏剧张力的眼泪？你的泪水似乎在眼眶
里结了冻。无论遇到怎么样的伤心事，有外人的场合，眼中总是
干的。你哭不出来。

一度，你必须去找医生，医生在你眼角注入两个人工泪囊，
让眼泪贮存在泪囊里，不致挥发得太快。有时候，你羡慕地望着
善感的女朋友，随时可以流出眼泪。想哭，就哭了，多么惬意的
人生。

你模糊地记得一些，包括父亲在母亲跟前低头认错。现在重
新回溯，那类画面藏着家庭严重的耻感。

你成长的那些年，母亲常在提醒，千万不能让父亲蒙羞。"蒙羞"？当年，你觉得这两个字透着古怪。那时候，你怎么也想不出其中的原委；在你知悉真相之后，你才明了这两个字指向更深一层的意思，指着有机会变成绯闻的那件事。

当年，母亲动辄抬出"清誉"这类的名词，保卫父亲的"清誉"似乎是身为母亲的天职。她口里为什么挂着父亲的"清誉"？知道真相后你重新回溯，理由会不会与"弗洛伊德式失言"更有关联？在下意识中，你母亲觉得你不干净，她也不自觉地要让你觉得自己不干净！

记忆中，你跟母亲从不互相碰触。有几次，母亲的手碰到你，她指尖接触到你皮肤，你手臂上立即爆起一片鸡皮疙瘩，几乎是同一秒钟，你反射性地躲开。纯粹生理反应，那是由神经末梢传递来的惊悸感。

长大后，记忆中有一次，你母亲睡在床上，你站在床侧，向她报告一些平常的事。冷不防地，母亲突然起身，感觉上是作势欲扑，朝你的胳臂攫捉过来。事过后，你也认真地低头检视，露在短袖衬衫外的手臂，有没有落下一道抓痕？

为什么，下意识地……你躲闪得这么急？

多年后，你在一篇《母亲的小照》文章中写过：记忆中，我们的母女关系中并不包括身体的接触。小时候陪她去衡阳街上的绸布庄，选布的时候，用手摸过那一匹匹美丽的布料，一旦剪下来穿在她身上，我就少碰了。

母亲的旗袍经常是丝绸的料子，摸起来泥鳅一样滑溜。穿在身上是沁凉的吧，碰到了像触电，手指会紧张地弹跳开来。

另一方面，童年的某些记忆却又透露出费解的讯息。

那一年（你几岁？）全家去北投洗温泉。记得，你坐在一池烫水旁边，小心地用舀子盛水，泼自己的大腿。麻纱背心的下角湿了，滚热地贴着皮肤，一股股奇异的触感。望着"女汤"里冒烟的水，你担心烫水里突然伸出一只手，把人攫捉下去。

你怯怯望着旁边母亲的裸身。她褪下衣服，全身的肉松垮下来，像一只脂油的鸡。肥白而层叠的肚皮，堆在下身与腿的接壤处。母亲踏进水里，肚皮垂悬着。再下一阶，膨大的乳房像两个气球浮在水面上，你避过眼睛不敢看。水花溅到池边，你的麻纱背心愈湿愈大片，而你惊疑地想着，光身子的妇人竟是这般令人窒息。

童年记忆中，印象深刻的竟是在偷瞄……成年妇人的身体。你是不是……悄悄在羡慕？对比母亲丰腴而富态的妇人身形，你的扁平身躯常是自卑感的来源。

许多次，母亲站在穿衣镜前顾盼地说："不用穿胸罩，一点都不向下坠。"斜睨你一眼，母亲接下去又说："看你那些姑姑，年龄没多大呢，背已经弯了。你爸爸家的女人，从小骨架不正，驼背、鸡胸、向前勾着肩膀。你就是像她们。"而你从小大手大脚，加上平阔的肩膀、扁薄的身形，母亲说，都是女人命苦的征兆。

有时瞪着你，母亲说一些不明就里的话："你爸爸一早跟我讲，讲得很清楚，他宁可赔上孩子，绝不会为了孩子赔上大人。"

面对着你，母亲为什么说出这样的话？在她嘴里，这件事二选一，你父亲仿佛在"赔上孩子"或"赔上大人"之间曾经做出选择。当时，你误以为母亲在说她自己想要高龄怀孕那件事，意指丈夫很贴心，有没有孩子不重要，妻子不必承受过多的风险，而其中的真义，要等到你知悉身世后才终于明了。

在你家，你从小有一种惊觉：你知悉身体是不该触及的话题。

记得，你与父母一起看电视。母亲常在诅咒荧光幕上那些穿很少的女人。对着电视，亲热镜头让母亲很不自在，裸露出的胸部构成严重的亵渎，交缠在一起的身体更是冒犯到她。

有时候，从母亲诅咒的言语中，你敏感地知觉，那些话有针对性，似乎是骂出来给你父亲听。

身体相关的话题，在你家一方面是禁忌；另一方面，又让母亲眼光闪烁，她会露出神秘的一抹笑。

记得你上中学时，一天，站在晨雾的草坪上，母亲望着你，迟疑一下，指指浇花的父亲，母亲小声说："晚上贪要，随了他，又怕他累。"你搓揉双手，觉得一股说不出的诡异气氛。母亲吃吃地笑，你听出母亲笑声中的暧昧。站在那里，你暗自发窘，但愿自己立刻隐身不见。

当年，母亲为什么偏要说给你听？

明白了一件事，接着又搞混了另一件，你被弄得糊涂极了。在当年，任凭你想破脑袋，想不清发生在身上的事。

玛格丽特·爱特伍写过："只有失落、悔恨、困顿与渴望才让一个故事继续推进……沿着它迂曲的路线推进。"那时候，你坐在风暴中心，你就是问题的症结，而你丝毫不知道，围绕你身世的诸般冲突，正是故事往前推进的动力。

玫瑰之夜

沈信宏 *

"你记得《玫瑰之夜》吗？"

周六晚上，我突然想起这个节目，妻躺在床上看手机："灵异节目，我小时候不敢看。"

我很少跟妻说小时候的事，仔细想想，家里闹鬼的事应该可以说，但我从关于《玫瑰之夜》的回忆开始说起，不然她可能不敢听。

周六晚上妈会让我晚一点睡，第二天不用上学，就从连续剧一路看到《玫瑰之夜》。节目开始前，通常我已刷好牙，站在客厅光照的尽头，准备涉过黑暗的厨房回房睡觉，脚步始终没踏出去，因为一再犹豫要不要看，我觉得我像身在云霄飞车的进场队伍里，心中的迟疑随着时间推高。我想就这样干净地睡，但又想刺激，捂着耳朵让鬼故事进来，用指缝窥看跳格放大的灵异照片，任心脏跳出来领导，拽着我垂软的身体用力震动。

---

* 作家，曾获"新北市文学奖""打狗凤邑文学奖""林荣三文学奖"等。

妈无所谓地盯着电视，我决定要看之后，靠到她身边，她会提醒我："不要爱看又爱怕，自己吓自己。"

我现在已经不记得节目详细内容，只记得几个人挤在小桌子前，后面荒烟蔓草、古厝花窗，分不清场景设定在室内还是室外，只是杂乱拼接的恐怖想象。不真实的紫光罩着屏幕，走调又歪曲的配乐，一切都像游乐园里的鬼屋，指甲若不小心抠到布景，会弹射出一粒粒白色的保丽龙，那样浅薄易破的伪装，却总让我不再敢轻易走过家中无光的区域，刻意拖延不回房，跟着妈再看到下一档。只是我再看不进任何内容，虽然节目结束，但我脑中的《玫瑰之夜》正不停重放，可怕的《玫瑰之夜》才要展开。

我妈看完倒是什么感觉都没有，那对她来说只是一个让眼神找到定点的时段，她一直催我去睡，声音依然坚实有力，连这都不怕，对我来说，她就是无所畏惧的勇士。

"你爸呢，他不在家吗？"妻问。

"对啊，他去哪儿了？我不记得。"我又让爸在故事里缺席，回忆容许断裂与模糊吧。

"我跟你说，我每次看完《玫瑰之夜》，半夜都会听到女人惨叫，我家那时闹鬼。"我要开始说家里闹鬼的事，妻眼睛果然瞪大，我知道她想制止，却又好奇，脸上便冒出拔河绳索般静止又充满张力的表情。

遇过鬼的人像是历劫归来的冒险英雄，想必妻不再对幼小的我感到陌生，妻眼里开始发光，我不再那么平凡了吧？她可以想象我曾是个饱经忧患而勇敢的孩子。

每次看完《玫瑰之夜》的晚上，我都很难入睡，可能也因为第二天放假，不用急。明明睡着就可以让意识躲过危机四伏的深夜，却要死撑眼皮，一直盯住鬼可能出现的暗处，反而好像多期待鬼出现，一有动静就心跳加速，从床上跳起身。

将睡之际，感官沉进水底，外界的声音和画面都在水面上晃荡，突然清楚听见女人的呻吟声。我以为我听错，然后是低泣声，像谁躲在房里笨拙地学拉提琴。还有一些撞击和破碎、家具挪移的声音，我不敢出门看，怕看到背对的椅子慢慢转向我，无人的门被敲撞出凹弧，或是碗盘在空中飘移，然后失重下坠。

后来深夜常有这种声音，记得一次鼓起勇气开门，竟然什么鬼都没有，整室静默，爸妈站在那里，客厅微光如烟缭绕着他们，妈转头瞪我，眼神带着想把我推回床上的力量。

有一次我实在不敢回房睡，就赖着妈睡在她房间，半夜醒来看到没穿衣服的男女站在床边，床一直发出咿咿呀呀的声音，好像有女鬼躲在床里尖笑。我转头找爸妈，他们盖紧棉被，睡得好熟，呼吸规则起伏。我动弹不得，发不出声音，床开始剧烈摇晃，我不敢再睁眼，觉得自己误闯那男女的领地，他们是不是前任屋主，几年前一同殉情死在床上。无人浴室后来传出水声，马桶自行冲水。我想叫爸妈弃床一起逃，但再睁开眼时已经是早上。

"你根本是看到你爸妈做爱吧？"妻冷冷看我，觉得刚刚的紧张都是枉费。

我拿起手机随便滑几下，掩饰我的惊慌，快被发现了，我的确已经偷偷在故事里掺杂虚构的成分。

妻回到手机里，她查到玫瑰跟秘密有关，觉得有趣，认为西方好爱扯到神话，好像整个文化都从一部《甘味人生》展开。

女神维纳斯与战神玛尔斯偷情，生下爱神丘比特，丘比特为了保护母亲名声，送玫瑰花给沉默之神哈波克拉特斯，请他保守秘密，因此玫瑰花成为保守秘密的象征。

我心里一惊，妻该不会知道我故事里藏有秘密，每个人物都有秘密，这其实不只是个灵异故事，但我并不想说出真相，我就这样安静地躲进自己的回忆里。

我后来问妈有没有听过那些怪声，她说不知道，她睡死了。我注意到妈身上偶尔有伤，她说是煮饭割到，或是骑车跌倒，她的确莽莽撞撞的，我没特别怀疑。只是听多了《玫瑰之夜》里民俗专家的说法，有时会想或许有鬼怪偷拧她，她不信邪，所以傻乎乎地合理化伤痕的来历。

妈妈严肃地告诫我："有声音就躲起来，把门锁起来！不睡觉，乱想一些有的没的。"

至于爸爸，我没问他，他早上都在睡觉，我不知道他几点回家，几点出门，我跟他很少有机会碰面，我放学回家他已不在家，反正一到夜晚他就消失，没人知道他去哪。我有时猜想昼伏夜出的爸爸容易沾染脏东西，说不定他这么爱睡，就是因为他身体里养着太多鬼，吸尽他的阳气。

想到这里，我跟妻澄清："真的，我家真的有鬼。"

我其实看过夜晚的爸妈，他们才是鬼，我家根本就是鬼屋，但我不想多说。连我自己都觉得这不正常的家庭像塌屋的灾难现场，孩子被活埋在里面不见天日地成长，灵魂一定会跟着钢筋一起扭曲，更何况是妻。如果说了，她还敢跟我生孩子吗？她会不会觉得我会再制灾难，潜意识地推落自己轮回为鬼。

我想反驳关于秘密的事，立刻用手机搜寻，找到证据之后便说："玫瑰是指坚贞的爱情，又是神话里的谁流血染红了白玫瑰。"

虽然这是一个没有说出口的家暴故事，但故事里的爸妈有我无法理解的爱情纠葛，我年轻的时候，一直把它理解为爱情故事。

我还是没跟妻说，那些声音其实是爸妈制造的，我没把故事说完，我看过爸施暴，就是那次鼓起勇气开门后，妈瞪我，我依然站在原地，身体仍泥在睡眠深沼里，意识渐渐回复，爸看我，但眼神无法聚焦，他正泡在酒浪里摇荡。妈下一秒被他抓住头发，扣倒在地，她卖力朝门口爬，离我越来越远，她的头皮似乎快被扯开，所以她才叫得这么痛苦。爸的手掌很大，捏住妈像水晶球一样的头，手臂腾出紫黑的小蛇，他是一个法力高强的巫师，要把妈销为一道袅袅飘转的轻烟。

我一直哭，没人听到，因为妈声音太大，她扛着爸的蛮力打开门，对着门外哭叫，披头散发，但夜晚的公寓楼梯间只是制式化地将声音弹撞回来，没有哪扇门打开让声音进去，也没有送来任何人。

那才是妈妈的《玫瑰之夜》，有她的泪水与瘀痕、被汗黏住的头发和衣背，我终于看见她惊恐的神情。

另外一个场景正如妻所说，那是爸妈在做爱，赤裸男女长着爸妈的五官，他们后来躲进被窝，规律地上下摇动，棉被渐渐下滑，爸弓着身子，像虾子奋力弹泳，妈仰躺着，像死在海底骨肉绽露的鱼。

我想起《玫瑰之夜》里很有名的人头鱼照片，我是不是害怕妈下一秒会从她微张的鱼口，传出老太婆的声音探问："鱼肉好吃吗？"所以才赶紧闭上眼睛？害怕被谁发现我其实没有睡着，害怕自己被卷入人头鱼的故事里，听说吃了鱼肉的人非死即病。

后来从眼缝里窥见爸如常地走去浴室洗澡和小便，妈背对我，缩成一颗小球，我无法理解妈为什么一会儿缩在地上让他打，一会儿又敞开自己让他压。

是连续剧里女明星泪光闪闪说的爱吗？妈后来生了一个妹妹，我无法理解，为什么妈让家里多一个会花钱的人。我不知道妹妹能不能陪伴我的孤单，但她可能会在这个奇怪的家庭感受到和我相同的孤单。

后来长大一些，爸妈终于离婚。外婆替我揭开爸的秘密，她说爸都没拿钱回家，还到处借钱，他外面有别的女人，是个不负责任的烂男人。外婆不理解妈为什么要为他生第二个孩子。

我们都不理解妈对爸的感情，为何一起，为何分开，她的心里有太多秘密，只能是爱，她曾死心塌地爱着这男人的坏。我不爱爸爸，我怕被妻误认为爸爸，所以我把这些事变成秘密。

妻又查到什么，兴奋弹起身子："《玫瑰之夜》根本不是灵异节目，是歌唱节目，灵异的部分是《玫瑰之夜之鬼话连篇》。"

原来我以为的灵异节目其实只是一个小附标，不是主体，我一直都搞错重点。

到了这个年纪，结了婚，即将成为父亲，开始能够替存放的回忆找到新的关键词，找到开启更多窗口与信息的超链接。

关于《玫瑰之夜》的回忆也是，一直被我搞错重点，根本不是灵异故事，也不是家暴故事，更不是爸妈的爱情故事，说到底，主角并不是我，是妈。

有些不重要的细节变得鲜明，像是妈妈的手，我被《玫瑰之夜》的音效吓到时，我紧抓着的，那只垂放在沙发上相对温暖的手。还有我看完节目不敢回房时，让我攀着不致被潜伏的鬼攫走的那只手。

那晚当妈被揪住头发，爸爸回头发现我正大哭，暴虐的眼神朝我袭来的时候，妈的手又出现了，她紧箍住爸的手，死命朝门外爬。我记得她手上一颗颗隆起的指节，像被包上一层合金强化的战斗盔甲。

或是爸妈赤裸的隔日早晨，我和爸爸分睡床的两端，中间留下妈妈的空位，他们的被子留在我的身上，我知道那里有一双妈隐形的手。

我用手机查到YouTube有很多集，向妻提议现在来看，妻说不要，对胎教不好，"我现在是不怕啦，但我想要孩子爽朗些，看这个会让他变得阴沉又古怪吧？"

妻瞬间轻巧地挤开我，成为现在这段故事的主角，捧着肚子的她被聚光灯照亮，我则是个躲在鬼故事里阴暗怪异的配角。

"好吧，反正画质好差。"我以前竟被这充满颗粒的粗糙画面吓到失魂，我对妻说："我发现，恐怖都是人造的，真正可怕的是人。"

"你最可怕啦，乱说什么鬼故事，害宝宝听到！"

没想到妻已能娴熟地护着孩子避开人世的恐怖，我却还没有身为父亲的自觉，才会轻率说起鬼故事，真正的父亲并不会让家人陷入恐惧。

妻一直滑手机，可能试图冲淡刚才的故事。她又查到玫瑰的新信息："有人说，玫瑰的刺是爱神被从玫瑰飞出的蜜蜂吓到而射上去的箭。"

娇美的玫瑰果然人人爱，后人加上的寓意有如层叠繁复的花瓣，《玫瑰之夜》这节目反而让玫瑰添上可怕的意象。我讶异地说："刺不是为了伤人，反而是花被刺伤了。"

我终于想通了，妈向我盛开成一朵玫瑰，让我感受柔美的香气和花瓣，她选择让我看见爱。底下的伤口全被挡住，那些尖刺都是深夜残酷地钻进她身体里的爸爸。

妻放下手机，才怪我让她今夜难以入睡，下一秒就立刻从她尖凸的肚腹里滚出鼾声。她亦是一朵玫瑰初绽，尽管肚皮被胎儿突刺而高高隆起，内脏被踢得凌乱失序，睡颜却依然如花静好。

长照食堂

郭琼森 *

每回新看护报到，带她去买菜便成了当天的首要任务。

让父亲住在老家不搬动，因为去医院回诊可以慢慢散步，十分钟就到。下楼巷口就有7-11便利店，走到下个巷口就是一家全联超市。对面小铺有他喜欢喝的银耳莲子汤。再走三分钟就有传统市场。市场旁有麦当劳，父亲喜欢他们的松饼早餐。

我带着新到的印佣，沿路边走边指给她看。

走进超市，迎面而来霜雾低温，暂时平息了我每日疲于奔命的焦躁。印佣推着车，跟着我首先来到蔬果叶菜区。

"父亲的牙齿比去年差了，以前他爱吃的花椰菜与空心菜，现在嚼不动了。但是他还有最爱的南瓜和洋葱。四季豆切细细，焖煮得软些，淋上一点蒜蓉酱他也可接受。南瓜用蒸的，还可

* 作家，著有《非关男女》《悲乡之人》《夜行之子》《断代》《我将前往的远方》等。

以打成浆煮汤。洋葱配炒火锅用的牛肉薄片，也都要切细丝才成……"我边从冷藏架上取菜，边对着印佣说明。但一回头，看到她既像怯生又像是放空的眼神，我跟自己叹了口气。还是等回去之后，要她拿着笔记本站在旁边，一道道实际示范做给她看吧……我没有食谱，也没有那些琳琅满目的厨具用品，我做菜全凭记忆。

据母亲告诉我，很小的时候我就会一个人坐在电视机前，安静地看上大半天。最早的电视儿童，父母都在工作，伴我的就是那台长着四只脚的黑白电视机。"很奇怪啊，才四五岁，你最喜欢看的是傅培梅和京戏。"母亲说。

家里最会做菜的向来是父亲。母亲是二厨，负责把菜洗好切好，父亲是大厨，都由他来掌勺。父亲在读北平艺专的时候，据说每天都得赶回家给他爷爷做饭。

母亲在许多方面都敏锐，虽是职业妇女，打毛衣修改衣服布置装潢这些家政科目都在行，唯独在味觉这件事上不行。有时米饭没熟透，成了"夹生"她却吃不出来。怎么会这样？这点让我一直很纳闷。

但是母亲仍然常常心血来潮，看到电视里教了什么料理，也会跃跃欲试。

四十年前美乃滋还是新鲜玩意儿，不像现在现成包装随处买得到，只有在日式餐厅里点了炸猪排，才会在盘子上很小气地放上一些。母亲看到电视上教如何自制美乃滋，原来就是用蛋白和色拉油打出来的啊，她马上也想来试做。

殊不知，没有家用电动打蛋机的时代，要用手工把蛋白与色拉油打匀，还要打到整个成为奶油似的稠糊状，竟是非常非常费力的事情。她打累了换我打，然后哥哥补习班下课了换哥哥打，最后终于打出了类似成品。

大家满怀期待等着品尝，一轮试吃完都没人出声。然后下一秒，一家人不约而同全都大笑了起来。

哈哈哈，这是什么东西啊？

走在超市一排排的冷藏柜前，不知为何，总会想起很久以前，每到晚饭时还有四个人围坐成一桌的那个家。

三年前，第一个印佣来上工，问她会不会做菜，她说会。没想到她每天都端上贡丸汤和蛋炒饭。

起初我的脑中一片茫然：要怎样教会她我们家的口味呢？

还在带便当上学的时代，我就从同学们的饭盒中发现，每一家原来都有几样固定菜色。没有这些基本款，也许就不成一个家吧？

就这样，时隔多年，我再度走进了厨房。

我努力回想家中常吃的每道菜。那就像是，努力默写着曾经背过的某段课文，当原来接不下去的一句突然又在脑海中闪现，竟有一种难言的悲喜交集。

过世的过世，失智的失智，除了我，如今能记得从前家里餐桌上菜色的，还有谁？我想起了清炒土豆丝，我想起了木须肉，还有芙蓉鸡丁、豆豉蒸肉饼、青椒镶肉……

马铃薯在我们家叫作"土豆"，清炒的时候放上一匙乌醋，这样吃起来特别爽口。炒木须就是肉丝、木耳丝、冬粉和蛋。蛋炒碎了就盛起放一旁，否则炒久了会干硬。芙蓉，就是蛋白。把鸡里脊肉切成碎丁，快炒，最后将蛋白淋上，轻轻搅拌后，马上关火，让蛋白停留在松软的状态……

新到的印度尼西亚看护看着我一道道菜示范做法，突然用生涩的普通话说："以前我那边工作不一样。"

"你是说这些菜吗？"我顿了一下才明白她的意思，"这些都是外省菜。"

也许是心中一个傻气的假设，认为只要父亲吃得好，身体就会有抵抗力，不容易生病。只要有正常进食，表示身体无病痛，心情也还可以。看他怎么吃，吃多少，成了我观测他每日身心变化的重要依据。

那一阵子父亲吃得越来越少，起初以为是他的咀嚼或吞咽出了问题。观察了一阵子，好像又不是。慢慢才发现，父亲好像在掩饰着什么。

放在面前的菜，他看不清楚了，所以他不动筷，因为不知道该往盘中的什么东西下箸。啊，原来不吃面条也是类似的原因。东一根西一根的面条挑不起来，就算挑起来，送进嘴里后也因无法利落地用力吸入，所以一根根面条总是七零八落挂在嘴边，弄得有点邋遢。

我明白了。父亲记忆虽衰退了，却仍有自觉，担心自己会显得老残，所以宁愿不吃也不要吃得狼狈，吃得哆嗦。

这样的情形持续多久了？我心中十分不忍。如果早点发现就好了。但是之前在家的时间太少，而看护根本不会注意这样的问题。

我跟新来的看护说，用喂的吧！但是父亲坚决不肯，还是要自己来。

被喂食，对他而言应该是另一项自主能力的缴械，所以抗拒自己成了类似瘫痪、只能呆呆张口的无能老人。

　　还是要给他一双筷子，即使他不用。不能用汤匙喂，汤匙让他觉得等同失能。

　　我监督着，看着印佣慢慢练习用筷子，一口菜，一口饭，而不是饭和菜都放在汤匙里，一股脑全塞进父亲嘴巴。

　　我持续地观察，希望能找出让父亲接受有人"协助"他进食的方法。

　　要把盘子端到他面前，问他："爷爷，吃鱼好吗？""吃小黄瓜好吗？"……我这样告诉印佣。

　　要让父亲觉得，吃什么不吃什么，还是由他来决定。

　　又老了一岁的父亲，很多东西嚼不动了，菜单必须重新设计。于是，除了时时在想菜单，我也开始自己发明菜色。

　　豆腐是绝对少不了的。不得不佩服老祖宗的这项发明，简单的干煎，放进葱蒜、酱油与一点糖，焖上一会儿起锅，其实就很美味。

　　冷冻蛋饺不光是火锅食材，配我的煎豆腐，加上韭菜，就成了另一道自己发明的新菜。黄色的蛋饺，白色的豆腐，青绿的韭菜，小火红烧一下，色香味俱全，我把它取名为"金玉三鲜"。

　　猪绞肉容易带筋，后来我都改用鸡肉做丸子。这时豆腐又派上用场，肉里加进豆腐、蛋白与太白粉，可增进它的滑嫩。混进剁碎的姜末就可以去肉腥味。加入洋葱末，软中带脆，可以让口感更好。

　　鲜虾剁碎成泥，也可做成虾丸子或虾饼。但是虾泥里要放进一点肉末，增加它的硬度，否则下锅会成一摊浆。掺入姜末蒜末去腥之外，红萝卜切成碎丁混入虾泥也可以增加甜度与鲜度。

　　虾泥可以捏成小丸子，跟豆腐一起炖成海鲜煲。或是捏成汉堡状，放在锅上煎熟，最后撒上一点迷迭香的碎末。另外，也可以把豆腐切厚片，中间剖开，把虾泥铺于其中，放进电饭锅蒸透……

　　这费心设计出的食谱，我暗自希望，或许能让"家还存在"仍为事实。

　　我以为，这些菜色就像是不需言语确认的感情，我相信父亲吃得出来，那是我们共同的记忆。

　　但，这毕竟只是我的期望。

　　每道菜的做法我也就示范过那么一次，之后印佣也有了自己的意见与创意，做鸭血的酸菜拿去煮鸡汤，蒸肉饼时用的豆豉被省略，虾丸与冬瓜配了对……每一道菜都开始走了味，或是说，慢慢添进了她的味道。

原来那样煮爷爷不爱吃，她总会这样解释。

想起夏天的时候，为了训练这个新看护，差点搞到自己抓狂。

我能理解，她们之中不少人曾遇过几近虐待的恶劣雇主，所以都会互相警告，先装不懂不会，试探雇主的底线，摸清这家人的状况。如果雇主大而化之，她们也乐得摸鱼有理。双方一开始的磨合很像是谍对谍的斗法，再加上我被之前的看护与中介搞得焦头烂额，这回更是神经紧绷。家里没有旁人可以随时监督或当下纠正，只能我一个人未雨绸缪，把所有状况都先做好防备与假设。

两个月后我陷入极度低潮，太阳一下山就开始焦虑，只好约出在当精神科医生的朋友，跟他说我非常讨厌现在的自己。

我从来不是一个疾言厉色、斤斤计较的人，但是我发现自己现在每天都要板着脸训斥：怎么会连这么简单的事都做不好？跟你说了多少次为什么还会忘记？……

说着说着，又讲到了哥哥与母亲的过世，都是才六十多岁，怎么会这么突然？还有我以前在副刊工作时的老上级，为什么也是六十出头就突然癌症过世了？如果他还在，我就多了一个可以请教的长辈。还有还有，跟我合作十几年的出版人为什么也是癌症走了？开酒吧的老友为什么也在前几年意外身亡？那时候她总半开玩笑地跟我说，老了一起住吧……从研究生一路担任我研究助理十年的学生，还有第一任的情人，他们为什么要自杀？

我信任的，我亲近的，我亲爱的，为什么都这样无预警地离世？

朋友听我讲到激动不能语，只好等我安静下来后，才慢慢反问我："你会不会觉得，你都是在毫无准备的情况下被他们抛弃了？

"所以，面对接下来最后也最重要的关系，你希望这次的结局，能在你的掌控中？"

我控制不了任何事，包括我自己的结局。虽然没法监控每餐菜色的口味，但至少我可以陪伴。现在的我，遇到没有工作耽搁或应酬的日子，用餐时间除了外食，现在还多了一个选项：回家吃饭吧！

对二十岁的人来说，回家吃饭可能是父母剥夺他们自由的无理要求。但对五十岁的我而言，那既不是天经地义，也不再来日方长。

有朝一日，当我也已白发苍苍，或许在某个时刻脑海仍会恍惚闪过，谁曾是最后与我同桌用餐的亲人。

是枝裕和有部电影《下一站，天国》，他想象了一个人死后的世界，在进天国前有七天时间让死者考虑，选出人生中最难忘的一刻，然后那个场景会被重建拍摄，让死者可以带着这份记忆进入天堂。当来来去去的灵魂都完成了这个要求，男主角却始终留在片场，放弃了进入天堂的机会，因为他拒绝做这样的选择。

三十多岁看这部电影时，我就一直在心里念着，换了是我，我也选不出来……如今二十年过去，我终于明白原因何在。因为没有任何美好的记忆是需要被重建的。

最深刻的记忆其实更像是一种味道，混掺在许许多多人生不同阶段、不同时空的际遇里。它之所以深刻，不是因为在某个当下的千金难买，而是在未来人生的许多酸甜苦辣里，都淡淡地留有它的影子。

男人的手肘

游善钧 *

"你在干吗？又不是小狗。"

也难怪R这么说。我蹲在料理台边，仰头望着他手肘。说这些话时他眼睛眯得很细很细，好像只有水能流进去。

"汪。"我喊。

他笑，小腿靠向我胳膊。炎热七月夏夜，肌肤黏答答啪搭啪搭相贴又剥离，幽微声响卷进上方流水声，这才稍稍凉快起来。"凉面？"我说。不是红萝卜——没听到刷子摩擦，猜他正在洗小黄瓜。

"算你猜对了。"

不坦率。我拔他一根腿毛。他骂我，又笑起来。从这边看，鼻孔好大。如果是老爸，这样笑，鼻毛肯定会跑出来。

* 获"林荣三文学奖"、时报文学奖等。出版《骨肉》等。

R不止一次怀疑我作弊，困惑我怎么总能猜中今晚菜色。

这是从小练来的功夫。他不信，以为我打哈哈敷衍。我跟着笑，不知道他为什么还不相信相爱的人彼此之间拥有某些感应。

小时候，真的是很小的时候（大概小学一年级不到），便经常站在厨房料理台前看老爸忙活。个头太矮，什么也看不到，只能盯着他那堆着圈圈皱褶的手肘。当时单亲家庭还不多见——至少在乡下不多见。即使街坊邻居私下接耳窃语，大多数人还是选择遮掩而旁人也就礼貌性回避话题，仿佛这是桩见不得人的事。

但两个处不来的人分开，不是再自然不过的事吗？

凭什么结了婚，就必须放弃理应是前提的"爱情"。

话还是别说太满——说不定在不久的将来，自己也会为了婚姻，做出从前意想不到的牺牲。

R削起红萝卜皮，想起前年六月初到福隆看沙雕晒伤蜷起的皮肉，听着那干燥而稳定的削皮声，我想象着他那双逐渐被汁液弄成橘红色的超写实的手。我不喜欢吃红萝卜，不过自从知道我出现飞蚊症症状后，他几乎每天都会端上一道红萝卜料理：红萝卜炒蛋、日式红萝卜炖肉、洋葱红萝卜汤、酸梅红萝卜卤排骨……最后甚至还出现——红萝卜蛋糕（令人崩溃），连最期待的饭后甜点也难逃魔掌。如果提前知道没办法在家吃晚餐，他就会在晨跑结束后打一壶菠萝红萝卜汁。"好生。"我抱怨，嘴里都是渣。
他添一匙蜂蜜。我嘲笑他是小熊维尼。

谁教他总叫我小狗。我记仇。

绞碎那些东西时，他按住盖子固定的手肘抬得比平时高，
整个身体跟着马达运作声轰轰震动，一紧一紧频频抽搐的肱三头
肌让他的胳臂看起来格外壮硕。比我还矮的他，此刻像是巨人一
样。包括绷出青筋的脚踝，拉出一条晶亮汗水的小腿肚，还有他
逐渐勃起擎起球裤裤裆的阴茎。我可以清楚看见他身体每一处被
放大的细节。真夸张——又不是做爱，只是面对一具尾牙抽中的果
汁机，就要动用全身肌群来对付。我忍不住背抵靠料理台边收纳
酱油糖盐的抽屉抿嘴偷笑起来，还得提醒自己避开上头握把才不
至于像之前肩膀被曳刮出一条长如弦月的疤痕。

身体不断颤抖的R不知道的是，和喜欢男人的手肘一样，之所
以厌恶红萝卜，不单单是出于生理上的反感，而是存在生命经历
中更为深层的连接。

妈妈的娘家务农，和老爸离婚前，每次冬收，总往家里送来
一篓篓红萝卜。由于不耐久放，必须在短时间内消耗完毕才不会
浪费，加以妈向来不走敦亲睦邻那套，导致几乎一天三餐（对，
包括早餐）都是红萝卜。小时候比现在有耐心，倒也能心甘情愿
一口口吃进去。还记得那段厨房堆满红萝卜的童年，放学回家，
进厨房第一件事不是吃点心，而是帮忙削皮。现在回想起来，原

来当时是喜欢红萝卜的——那让自己有更多借口待在厨房，不若以往，每次踏入厨房，妈便从一团热气中疾步蹿出叨嚷着让开让开，快出去，少在这边碍事。

后来，或许是娘家和老爸有了龃龉，入冬后不曾收到红萝卜。

不久，妈离开老爸。妈离开后我很高兴。为了让老爸知道自己很高兴，我大声说终于不用再吃红萝卜了。终于不用假装自己喜欢红萝卜了。

只剩下两个人的家，老爸自然接管厨房。我永远记得他做的第一餐：西红柿炒蛋、葱爆虾仁、苍蝇头和青菜豆腐汤——我被老爸的厨艺吓了一跳。比妈还好。他说早年只身一人在外求学，为了省钱和分租的朋友们学了几道菜。"好久没做了，居然还记得。"直到现在印象依然深刻的原因，不仅仅是味道。从那餐开始，我对男人的手肘有一种近乎迷恋的执着。

视线时暗时明，在头顶上晃动的男人的手肘，摆动掀起的风比女人更强，长条状肌肉一束一束跟着跳动。那年纪，还不知道什么叫作"肌肉"，却已经定定注视每当一使劲手臂肌肉彼此推挤那道像是用刀子划割一样笔直又深刻的线条。把汗水夹进去的线条让肌肤镶了银边似的发亮，宛如从峡谷间穿过的河流映现幽光。

"高丽菜。"

　　"猜对了。"
　　"猪肉。"
　　"猜对了。"
　　"高丽菜炒肉片！"
　　"猜对了。"

　　高丽菜切起来的声音比其他青菜脆亮，有一种新鲜清爽的感觉。至于猪肉片，为了让口感嫩一些，老爸习惯先打过水。肉片打水的声音湿润中透着黏腻，听久耳朵会痒痒的。

　　"蒜头。"拍扁后褪去皮膜。
　　"五花肉。"运刀缓慢细腻，每次手肘向外扬展开来都带着欲拒还迎的细微黏沾。
　　"蒜泥白肉！"
　　"猜对了。"

　　从那时起，只要老爸下厨，我就会站在料理台前盯着那双作为胳膊轴心的手肘，揣想在自己即使踮起脚尖也望不到的上头正发生什么。

　　"豆腐！"我兴奋喊。

　　老爸似乎被我突然放大的音量怔住，手顿时停下，手肘四周牵扯着的肌肉松开，重心稍稍放低了些。

"猜对了。"回答蕴含笑意，大概是想说——这样你也猜得到？

他握紧刀柄，继续切起豆腐。

始终没有告诉老爸这个秘密——其实并不是自己特别喜欢吃豆腐，只是他切豆腐时，力道拿捏恰到好处，柔软切断刹那声音像是瞬间被砧板彻底吸收进去般陷入决然的安静，像是把流泻的沙漏突然摆横一样让人心里猛然一空。

"味噌。"带着天然豆香的味噌醇厚气味围绕整个厨房。

"味噌豆腐汤！"

老爸天生甲状腺功能亢进，不能吃海带、海藻甚至是果冻之类含有碘的食物。因此用不着猜，汤里铁定不会加昆布。而我不喜欢柴鱼（直到多年后才在日本尝到地道的柴鱼，当下立刻在心底对自己长久以来的误解表示深深歉意）——采用"减法概念"的汤头气质出众，用现在的说法就是"小清新路线"。

老爸舀了一碗汤给我。我捞起一匙豆腐放进嘴里——是鱼。"有鱼！"原本以为是豆腐的立方体，原来不仅仅是豆腐而已，还有鱼。"旗鱼。"老爸说。我眯细眼睛看着他。真讨厌，他是什么时候偷偷放进去的？我一边吃着，想着下次一定要拆穿他近乎魔术的手法。

在厨房待久了，那双手肘不光是按着时间法则变老而已——油爆喷溅的深褐色痕迹，干冷冬天冻出的灰白死皮。老爸手犯贱硬是去抠，结果和那双香港脚沦落到相同下场，愈抠皮肤愈烂，往坑坑洞洞里瞧透出薄薄一层鲜红色血肉。

R用筷子打起蛋，喜欢吃玉子烧的他习惯往里头撒一指尖糖。

我喜欢那双手肘打蛋的姿态。老爸喜欢吃蛋，菜脯蛋、虾仁炒蛋、蚵仔煎蛋、西红柿炒蛋——对他来说，蛋可以变化出成百上千种料理，是最神奇的食材。不过对我而言，蛋可是一项难题。因为蛋兼容并蓄的特性，似乎往里头加什么都合理。

"今天怎么不猜？"老爸的膝盖微微一弯。

他没用刀——用手剥的菜会是什么？

"你是不是感冒，鼻塞了？等下帮你量体温。"

"九层塔！"会推理的不单单是老爸，我还以颜色。既然提到鼻塞，表示是香气显著的食材——屋后面就种了一盆九层塔。

也难怪朋友说我恋父。毕竟自己一路走来，喜欢上的，几乎都是年纪比自己还大的男人。但说实在的，谁不会在情人身上或多或少看到父母的影子？爱恨交织才是情人往家人走的必经之路。经济稳定、感情观又比较成熟——爱玩的男人太多了。

　　"你是，年轻的我也是。"

　　"你也才刚三五。"

　　"在这圈子，三五基本上就是四五。"

　　"那二五呢？"

　　"二五还是二五啊。"

　　R的朋友M听了用难听的笑声笑起来。M比R小将近二十岁。他曾问我有没有怀疑自己是怎么和R认识的？我听懂他的弦外之音，但我相信R——现在的R。这样才公平，毕竟从前的我也是不可信的。

　　"差不多可以开饭了。"R说。老爸说。

　　"煮好了噢？"我用仿佛永远不会感到饥饿的口吻问。

　　"你是希望我煮一辈子噢？"

　　蹲得低低的我，一点头，就可以把自己藏起来。

　　R弯身抱起我。那一双双男人的胳膊抱住自己时，我总忍不住伸长脖子去看，去看他们自己看不到的手肘。去摸，比周遭肌肤更为粗糙的手肘。沿着皲裂开来的纹理细细抚摸，像把涂抹在肩颈的药膏往四周一点一点揉开。老爸的背部在不知不觉间已经爬满老人斑。接着发出异味，苔藓似的连绵成一大片暗沉紫红的斑块。

　　二十三岁北上念研究所，接着服役，退伍后留在台北工作，回家次数逐年递减。三年前被派到分公司，尽管只去了短短两个月，返台后，大概是习惯了这样的频率，和老爸见面的次数变得更少。

不是没有话题，只是一想到站在明明如此熟悉的厨房里，自己想吐露的一切却一件也不能对他说，那样的距离，是比在大庭广众之下挽住一个男人的手肘还更遥远的事。

回家收拾东西，R在厨房角落发现一袋红萝卜。"都发芽了。"

老爸背着我吃红萝卜，就像我偶尔在心底也偷偷吃着红萝卜。原来老爸还爱着妈。

人不在了，我才能用如此煽情的语句来形容他们的关系。因为他的愚笨和痴情，才养出了这么好的儿子。

"发芽还能吃吗？"我问。
"试试看啰。"R说。

他提起那袋发芽的红萝卜，带回我们台北的家。

"开动啰！"R把一盘颜色缤纷铺了蛋丝、小黄瓜丝、鸡肉丝和红萝卜丝，中间花蕊部分还塞了一小撮蒜泥的凉面搁在我面前，接着炫技似的沿着外围浇上一圈芝麻酱。"还有筷子。"他递过来。

　　我抓着被他握烫的筷子，感觉蹲久的膝盖隐隐约约酸痛、颤抖。不知道老爸怎么想——我岔开筷子，我想，在他自认为失败的人生里，说不定，还是有那么一点值得高兴的地方。将面搅拌开来的时候，我用手肘使劲摩擦餐桌像是玩刮刮乐般想要一个答案。

烟

冯平 *

弟又抽起一根烟时，我好像明白了什么事。

家里抽烟的人就两个，爸和弟。我不抽烟。我也抽过一次，那是很小时候，看大人抽，整天抽，就好奇说要抽一口，大人也允了。两指夹起烟，轻轻颤颤地上口，抽了一口，严格说是"啜"了一口，烟没抽上，就学样儿仰嘴吐。自然是吐不出什么，大人看了笑，我自己也笑。

很快我知道抽烟不好，好像坏人都抽烟的，可我爸就是抽。在屋子里抽。三合一，喝酒，看电视，抽烟。每次脾气来了，就三字经批呸叫，满嘴臭气。后来我大了，就禁止他在屋子里抽，"你去阳台抽！"他就乖乖去阳台，一个人对着夜晚吞烟吐烟。

我爸几岁开始抽烟不可考，至于我弟，可早了。小学五年级吧。先是逃课，再是抽烟。起头是偷偷地抽，后来被逮到了，就大刺刺地抽。一个小伙子成了家里大老子，谁也管教不动。有一

---

* 著有散文集《我的肩上是风》《写在风中》《问风问风吧》。

天他告诉我："哥，我做爱了。"那时他才十五岁。从此他就走
进成人世界。烟袅袅，可他的人生成形了。

后来我又抽一次。应该是在军中吧。听一个弟兄倾吐心事，
他抽烟，烟卷着他的一圈愁烦，一丝丝抽出自己，燃烧自己。烟
火哀伤，如蜡炬成灰。他不哭，我等着他哭，他应该哭一场的。
不知怎么，我夹走他的烟，轻抽了一口。烟吐在空中，苦呛得
很，他见了笑，眼泪跟着扑簌流下。

烟，熏透了我爸的肺。白烟子进，血红子出。他只好去看医
师，医师说戒烟了噢。他虚应故事，说好。后来是不能不戒了，因
为人都住进了医院，这才甘心又不甘心地戒了。殊知戒了也没用，
他彻底倒下了，灵魂出窍，躯体化为阵阵腥腐白烟，随风而去。

弟的女友无数，每个女友都待他好，可是说到戒烟，没辙，
再说就翻脸。原以为他会持续畅游情海，让天地都分享他的这份
爱，不想他奇遇一名女子，纤纤动人，终于收服了他的心窍。怎
么知道？因为戒烟了。

女子说，不戒烟，不结婚。

心窍被收服的人，头脑只能发昏，发了昏就想结婚。终于戒
了烟，结了婚，孩子半年就生下了，是个女娃。他抱着女娃，无
比激动，无比骄傲，像生命获得了复制。他说他抱着的，是一个
人啊。

　　人是什么？人的生命原来是一片云雾，出现少时就不见了。可是人生偏又路途遥遥，千斤责任，万斤重担。

　　又怀孩子后，我弟不要，我弟媳要，两人争执不下，大吵一架。弟媳动了胎气，大量出血，知道失去了再得一个人的机会。而那晚，我弟，一脸无动于衷。他一句话都不说。

　　他又抽起一根烟时，我似乎明白了，那轻烟薄雾里演变百种人生，里面总有一个形影，是他所盼望活出的一个样。

内

吴钧尧 *

最美的花开，是一个人把慈悲，刻在她的眼眉。所以我所爱的呀，您不曾戴过玫瑰，只是珠花粉红，淡淡装扮，别在您深浓的发丛。就连一朵伪装，也非常不伪装。

我喜欢听您说："谁呀！"闽南话喊作："谁人！"您不在我眼前说，而就着对讲机；您在三楼、我在一楼。我听出您的语气，很有点明知故问了，知道是我，又装作不知是我，我朝着那只暗黑的机身说："我啦，阿内。"

阿内是我小名。那在春暖花开日，我厌倦了名字老是跟在三姐后头，她叫大丽，我唤小丽。可偏偏我不"丽"，我是一个男子汉，无论三岁、五岁，我都是。

阿内啊。阿内啊。有时候我没听到您发的"阿"，只听到"内啊"或者"内"。那在喊我，又像是您的一段旅程，非常远、非常没有边界。当时我还不叫这个名字，您与我，也什么都

* 曾任《幼狮文艺》主编，现专职写作。著有散文《一百击》等。

不是。您才刚刚满身伤痕，怀了孩子又失去孩子。您连拥抱都失去了。有许多次，您躺在床上模仿死亡的姿态，平躺、双手摊平、双腿打直；又或者蜷缩如虾，匍匐如一只暗绿色的金龟子。我很可能来看您，跟您说，妈妈，最深的拥抱是当我坐您大腿上，我的臂环绕您的背、您的臂涵盖我的腰，这一个字，就是一个"内"。

妈妈，您可注意到，季节都不老实，留有诸多伏笔，春天来了，总会再来几个冬凛的日子；夏天过了，太阳不在极热的天头，直到秋天尽了以前，还会有几个热日子；甚至比炎夏更炎夏。这难道是一种告诉：四季不那么壁垒，在我没当您的孩子以前，已经是您的孩子？

内啊、内啊，当您喊着时，我才意识，我很少写这一个字，那都是您、你们在喊，我只是负责说是、是。

妈妈，有一天我在画廊看到一幅画，名字就叫作"内"。"禅绕画"，号称没有错误的线条，专注绘画时，没有它的最终模样。怎么握笔，怎么让这里走到那里，出发之前，没有人知晓。怎么走、如何绕，都是心意驱使笔意、笔意围绕心意。蝉总是一声、两声嘶鸣，这里的禅，是声音怎么听到下一个声音？然后，它们叠一块了，砖头与花朵，圆圈和花草，流线的、弧度的，线条的腰身描摹的不只是腰，而是脸蛋、眉毛以及您怎么看着我。

迷失与发现，都是迂回，都在往"内"走。犹如谁与谁遇见了，眉眼之间，都说不舍哪，都在雷雨交加时，为彼此找一个好太阳。

妈妈，我的手机首页加载了您的照片。拍在江南旅游，您侧右脸微笑，一个没有画框的蒙娜，可却那么丽莎。那该在一个瞬间，我说："妈妈，看我这儿。"您转过来……妈妈，您转过来的那一个点上，涵盖好多的声音，时间漂流，一截一截，没有特别的事，也没有不特别的，我们在这里有了一只蝉一般，禅绕起来，您看着我的镜头，很知道这是谁人……这是内，您的"内"，以及您与这人间，最深的旅程。

妈妈，您也想我吗？我知道您来看我了，因为那幅画帮您说话，"内""内啊"……往内走，得那么专心，就像您一笑，没有画框，也成了画。

写你

蒋亚妮 *

有时候，我会因为听到一首歌而忍不住把自己深深放进捷运上的椅子，试图把自己埋在人潮更深的地方，想偷到一些人和人的间隙，埋进我多出的情绪。即使我知晓不能永远待在捷运的椅子里、即使不管忽然冒出哪一张脸指责我真是胆小自私，都无法耽误我下车和我的人生。

我一直在找一句话，形容"之后的人生"，好知道我该怎么写、你该怎么活。我还没找到那句话，但唯一的结论是，你我都不能把之后的人生叫作余生，余生不该是这样的。

夏天刚开始的时候，我回家了一趟，妈妈在打包行李，打包这三十年来，无论我飞到哪里，都伸出条丝线绑住我的行李。妈妈一手把我带大，一手指的是，只凭她一个人的手，从没有别人对她伸出过双手。她就是那种一生里最大的运气只是中个尾牙奖的人，而成堆的安慰奖她也只是任凭它们在家中四散。我们开始忙着搬家，忙着整理她不知道哪年抽奖得到的果汁杯、烤箱和保

---

* 著有散文集《请登入游戏》《写你》。

温瓶，她忙着带我走，就像我忙着带她走一样，急着带对方走出
这个家的三十年。

　　故事的开始，我不在场，但总之后来妈妈没有了丈夫，但中
间也曾有过情人。在我不知道的时间里，他们决定一起走接下来
的路，又在我不知道的时间里，他们决定把一路，变成一段。这
三十年，是三十箱的行李都收不完的夜晚和话语，有许多次、真
的是许多次，我开口想问这三十年，或这六十年，她过得好吗？
但我不在家里，不在她爱过的青春里。

　　开始打包的下午，她切开裂纹极多的哈密瓜，剖开去籽，这
却是一颗丝毫不甜的哈密瓜，她手都没洗就继续搬出陈年囤积的
杂物，发现了这样一个盒子。盒子里全是A4纸，印着密密麻麻的
字，比哈密瓜的纹路还要深和密集。她不说我也知道，人类只和
最亲密的人说那么多的话、打那么多的字，但是她偏偏要说，她
不像我、不像你们，只敢缩进捷运的位置里。她简简单单地告诉
我，笑着但不是强颜欢笑，告诉我："你知道这些是什么吗？是
我和他写过的所有电子邮件。"一整个下午的她，专注地一行一
行、一张一张，看完便细细地撕掉，细细地压进回收箱里。我还
是忍不住问她，为什么要把电子邮件印出来？它已经是电子邮件
了，打开计算机登入邮箱，只要不按下删除，就能不错页、不泛
黄地躺在那里。有时候我觉得跟她相比，我所谓的坚强，都不足
够强。她说那真真实实的一大箱情书都是想要以后老了，留着和
他一起看的。"情书""老了""以后""和他"，她把我这一
生从未开口过情话般的字眼一句句凑齐，而我在她不停撕纸的指

间和整张微微下垂的月亮脸颊里，没有读到任何一点不堪。那个下午，我吃了半颗哈密瓜，陪她撕完所有的纸，再跑下楼一次丢进回收车。不只这些，这下午我憋了一肚子的水，舍不得去上厕所，因为我想知道人能承载的回忆片段，总共是几十万字、几千次对方的名字？

不论是几十万、几百万个字，上千句对方的名字都好，所有的不堪都只会跟某一个名字有关。那一个名字变成了你的坎，变成了你渡不了的劫，但我怕她的一生里，却有太多的劫。

长达一个月的打包，我每周回去几天帮她，后来，变成了我们长达一个月的争吵，虽然在我成长、她变老的过程里，我们最不欠缺的就是争吵。她是一个好人，但大概不是一个好妈妈，从父亲背弃她的那年，我就感觉到她的丕变，她不再留长发，那一头波浪翻成云海一样的美丽长发，在账单、欠款跟我考上的私立学校学费单里，变得干黄、分岔，她的保养品从雅诗兰黛、倩碧变成了开架再变成了购物台里跟大品牌总会只有一字半音不同的奇怪品牌。所以我不明白我该怎么怪她，该怎么怪她对我的一切责问、刁难，无法出口只能逃离，但这么多年来我还是庆幸着，她始终还是一个好人。

书房是整个家里最乱的地方，有一台"中毒"的计算机，无数箱不知道哪一年堆放进去的纪念品、数据箱。我惧怕这书房和那些资料箱，害怕她又从里面搬出哪一人的情书、哪一段的照片。书架上是一套字典和她从没翻过的《年羹尧新传》，几本《京华烟云》，那整架的书藏在我不敢跨越的箱和箱之后，所以也变成了我全无兴趣的书目。我也曾想就这样相安无事地把它们丢在那一辈子吧，但没有什么事能笃定一辈子，我们为了走下去，必须回头把一段段从前收拾干净，情书就只一箱，还好没再遇到其他。好像还有一箱书法用具，宣纸已一碰就脆裂成絮、墨汁已干，习到一半的字帖，我认得出是父亲的字。这箱可以直接丢掉，她对我说。在她带走了几十箱的保温杯、回收纸袋、泛黄的A4打印纸，甚至还有好几盒已无处用的3.5磁盘后，却能对我说把狼毫、胎毛笔、端砚通通丢弃，这就是她所拥有的勇气。我被她的勇敢震惊得七零八落，打开小区的垃圾桶，书法箱落进去，发出咚咚咚的巨响，我听出这也是她的劫，是她第一个劫。

我似乎还没诉说我惧怕书房的原因。大约三四年前，我总习惯在夜里看影集、听歌、泡一杯浓茶，驼着背抱着电脑坐在沙发上。有一晚，我在空气中，听见啪嗒嗒的轻微声响，就像某一年我和爱人在北方城市里每次牵手前的小小电流撞击声，大概比那还小声些。被回忆触动的我回头，却看见一只硕圆的蟑螂腾起，在书房前不稳地滑翔、飞行。我从小就怕蟑螂，曾经夜归在门口看见一只蟑螂倒卧，而一直打手机吵醒妈妈，只为了要她把那尸体拿开。那一晚，只有我一人在家，对它几乎喷光了半瓶杀虫剂、喷到我自己也微微晕眩时，我看见它转头逃进书房成堆的文件箱中，钻进箱和箱之间，我也撑不住睡意地睡去。

她隔天回家，被家里浓浓的杀虫剂味吓到，将门窗大开，她一直认为我那天昏睡到下午是因为已小小地中毒了。从此后，我几乎不再进书房，更何况那一整座书房，就像是母亲的人生储物间，与我无关。

这一年的夏天，又比前几年的夏天更炎热、更不耐一些，记忆中，也有过一段这样的夏天。大约是高中时的某一段暑假，她没交代太多、太细，只留下信封袋里十几张的千元大钞和简单的嘱咐，飞去了她压根没想过的美国西岸，找情书叔叔。妈妈的勇敢，总是超出我的想象界限，她连他的英文名字都说不标准，所有的英文字母都似天书，但她有勇气，用我的话就是不要脸的勇气，只凭勇气她就能漂洋过海。一个月后，她带着后来只放在电脑里的十几G相片回来，渔人码头、比弗利山、星光大道、旧金山大桥，豪气花完所有千元大钞的我那时隐约闪过了她也无憾了的念头，想来是一个不吉利的念头，因为无憾也是一种完结。后来，情书叔叔回了台湾，却不是为了母亲，而是为着另一个说着流利英语、也信着上帝的年轻阿姨。但我猜，至少这一段没有互相亏欠、没有遗憾，母亲她那么勇敢，在和男人的故事中，我没有看过她流任何一滴眼泪。

她所有的眼泪，都给了我。

如果命中有劫、劫有注定，那么她最大最难渡的劫绝对是我。我是一个自私无比的女人，小时候，也是个自私的小孩。很多人的母亲吃苦，总瞒着儿女，不想让他们担心，想让他们的成长无忧。我的妈妈有勇却无谋，每一件事她都瞒不过我，即使是

夜里睡着的我，耳朵也总是不会漏听一字一句，但这却没有换来
不忍。我的成长岁月里，总是一边坚强地为自己打算、一边怪着
她什么都瞒不过我。我不曾走错了道路，因我自私为己，又怎么
会愿意赔上自己的人生？在我十几岁的那近十年时间，我经常穿
上校服出门，往等待校车的那路上走，在早餐店吃完早餐后，算
好她出门的时间，回家倒头大睡到中午，再在假单上随便签个她
的名，坐上公交车上学。用这里多报一些、那里多说一点的钱，
买一切我想要却不需要的美丽东西，即使我一直知道，她比别人
的母亲都更辛苦。那么多年的酣睡、无所事事，睡过了我整段别
人忙着恋爱、补习、社团的学生时期。母亲也曾经因为这样的
我，这样宁可倒在家中痴睡、自慰、不吃不喝，厌恶阳光、群体
生活，却也不干其他坏事的我，哭着求我骂我打我，但我依然这
样地长大了。

　　"等我想要长大时，我就会长大了。"我这样告诉哭着的
她，而她总是听不懂。

　　开始恋爱后的我，果然自己长大了，不再需要那么多的睡
眠，愿意为了爱人晒太阳，为了爱人的一句话转学、考研、拿奖
金。她只差没有去谢神拜佛，但只有我自己知道，也不是真的为
了任何人，我所做的不为别人爽快，只是不给自己留退路而已。
我不愧是母亲的女儿，在不留退路这件事上，无畏无惧。后来的
我，也曾因为没有退路，吃药、就医、后悔莫及。那一年，妈妈
会在我吃完药后只有心悸却仍不能成眠的晚上，轻抚瘫在沙发上
我脚踝的伤疤，棉花糖白的一道细长疤痕，提醒我们，许多年前

的我就应该知道，要有所保留，不要做浓度那么高的人、不要喝浓度那么高的酒。

伤疤被摸时会很痒，透着薄薄的皮，很轻易地把搔痒传到更底层的皮肤之下，我会忍不住像被微弱电流电击般地抽搐着脚皮。妈妈问："还记得那年吗？"

她不过是骂了我自私，骂我像父亲一样的自私后，我就在她面前肃着脸赤脚踢破一整面阳台玻璃，玻璃像水晶一样四裂，有一道最尖的角划开了我的脚踝，我坐在地上，她看到我纯白的肉、骨白的底，然后才是血，很多的血，流满了趾甲和脚底，流过瓷砖的线条，我只是指着她告诉她我不自私。她背着我走下五楼，送往急诊，那一年，我十四岁，她已经四十七了。

搬家前一天，我拖着一些东西下楼丢弃，在二楼楼梯间塑料袋破了一大口，我蹲在地上捡着东西，看见铁杆下有好几滴淡咖啡色的痕迹，想起母亲说背着我下楼时，我沿路滴的血滴，有好些无论怎么都擦不去。一楼阶梯上，还有着我不知道哪时因为烂醉，呕吐过后拭不干净的阴影，它们都留在洗石子灰的阶梯上。丢掉最后几大包垃圾，我全身汗湿着上楼，忘了带钥匙的我忽然像是用尽了所有力气坐在门口。我害怕开门后，看见那么勇敢的母亲，告诉我人生的不堪都会过去。我怕这样的勇敢，会让人把人生和她一样过成余生，我想要离开这里，躲进一个被城市人潮覆盖的车厢。

　　你真的很勇敢，隔天搬家也很顺利，我知道你一个人指挥着
搬家公司来来回回，把好的、不好的都运离旧家。终于，在今年
夏天最闷热的一个午后，你一个人搬进了新家，勇敢地，和你的
前半生一样。

阿公比较穷吗?

廖玉蕙 *

　　儿子整理了衣柜,将已不常穿的衣物部分送去回收,挑了两大袋送来给他爸爸看看能穿否。

　　儿子走后,我怂恿外子试穿看看,发现除了长度需要修改之外,一切都很合身。外子感叹着说:"我真是三代中的最低消费者,我父亲还经历过没落家族的最后繁华,穿着算是相当讲究;儿子的衣服无论质料或款式都比我这做老爸的精致高雅。我就捡着儿子不要的穿就够了。"

　　我半揶揄着说:"爸爸是没落王孙,儿子是当代新贵,本来就都比我们幸运。但我们白手起家,保有中产阶级的朴实美德,也是理所当然。"

　　两个孙女一旁听着、看着,四岁多的大孙女海蒂提出心里的疑问:"为什么爸爸要把自己的衣服送给阿公?"我解释道:

---

* 曾获"吴三连散文奖"、台中文学贡献奖、"中山文艺奖""吴鲁芹散文奖"等。著有《当蝴蝶款款飞走以后》等。

"因为这些衣服，爸爸穿久了，已经不新鲜了；可是对阿公来说，他都没穿过，只要改一改长度，就都变成新衣了。"

海蒂又问："阿公比较穷吗？"我瞠目结舌，结结巴巴回："嗯……应该也可以这样说啦。"

过一会儿，小孙女诺诺拿了水果玩具来跟阿嬷共食，我们一个拿香蕉，一个吃着西红柿，吃得不亦乐乎。我边玩边问："诺诺最喜欢吃什么水果？"诺诺也边啧啧假吃边答："我最喜欢吃草莓。"我大方允诺："下次你们回来，阿嬷请阿公买你最喜欢的草莓给你们吃。"诺诺皱着眉回说："阿公没有钱了啦，他很穷的，还是阿嬷买吧。"我吓了一跳问："你怎么会觉得阿公很穷？"诺诺说："阿公都没钱买衣服了，很穷的，好可怜。"原来，看似漫不经心的小家伙都把我们的对谈听进耳里了。

我回头看她阿公，穿着一件几十年前买的旧衣，好像是真的很穷，若非阿嬷我非常坚强，差点就要悲从中来了。不过，后来我还是跟两个小孙女辩称："爸爸跟妈妈其实比阿公更穷，你看，他们都穿不惯漂亮衣服，习惯穿破洞百出的乞帮装，你们有仔细看过吗？妈妈的衣服布料都好少，爸妈的长裤是不是常有破洞？"

两个小孙女想了想，同时点头，嬷孙三人顿时都神情黯然。

虽然如此，我还是为孙女的同情心感到无限欣慰，也同时联

想起久远的往事。小孙女的爸爸念六年级时，他妹妹念四年级，
我们刚刚买下坐落台北杭州南路的新屋，背了大笔房贷。一日，
我进行精神教育，要他们两人共体时艰，不要乱花钱，否则爸妈
得非常辛苦去赚钱。过几日后的一个黄昏，外子有应酬，我刚赶
完稿子，眼红发披，胡乱穿了便服就骑摩托车载两童到师大路的
"大声公牛肉面"吃晚餐。点餐时，儿子原本点了牛肉面，女儿
选了二十个牛肉饺子。可能是忽然想起我前日的叮咛，儿子改口
"吃牛肉汤面就好"，他的理由是："你不是说家里都没钱了
吗？"女儿也跟着改成十个猪肉水饺，说："还是节省一点吧，
猪肉的便宜些。"尽管我再三表示一碗牛肉面跟二十个牛肉饺子
不是问题："饭总是要吃饱的嘛。"但孩子坚持，说："这样你
们不是太可怜了，要工作到很晚吗？"这一番对谈，虽然低声进
行，但店里地窄人稠，想必被有心人听去了，结账时，竟被告知
已有人帮我们这三个看起来万分可怜的母子把账给付了，我们连
想推辞或致谢都找不到人。

那个黄昏，变得如此温柔，对那位付账的善心人士和我们的
一双贴心儿女，我一直都没敢忘记。谁知多年后的今天，那位昔
日十一岁的男童，业已生养了两个女儿，她们也遗传了他父亲和
姑姑昔日的温柔。

外子接受馈赠旧衣的次日，我早上起得迟，醒来时，赤足在
屋子各角落寻找，没有任何人的踪迹。桌上翻找，也没有词组只
字留下。正搔首挠耳间，门铃响起，才猛然记起约了出版社编辑
前来讨论新书。

谈啊谈的，外子推门进来，问他去了何方，他回说送承赠的旧裤去市场边儿的铺子修改。"拿几件去改？"我此问有缘由。前一日送来的长裤少说十五件以上，我边量边做记号，还边打趣他："这十多件长裤改好够你穿到一百二十岁了。"

外子说："开玩笑！干吗改那么多件，改衣服也要不少钱咧！"我以为物价飞涨，修改衣服的价格也跟着大幅攀升，忙问："改一件多少钱？"他回："少说也要一百元咧。"

我忍俊不禁，笑他小气且不知算计："一件就算一百元，相较于买件新的动辄上千元，不是很划算！何况十五件也不过一千五百元，就算涨价应该也不出两千元，出去吃顿饭就花掉了；而改好的长裤可以轮流穿到一百二十岁。"阿公哼哼哈哈，嘴里嘟囔着："改个两三件来穿就很好了……"我不想住海边，管太大，随他去。

哪想到外子原来是叛逆，完全是一副"你说了算，那我算什么"的心情，他还是折中拿了十件去改。客人在，我给他留面子，不好给他吐槽："不是说只改两三件？"

没料到他将顺手添购的日常用品拿进厨房前，又转回头很遗憾地说："本来改一件一百元的，因为还要拆掉裤管，每件多要了五十元。早知如此，我在家先拆裤管，总共就省下五百元。"瞧！这位先生真是穷酸至极啊。

后来想想，此事恐也怪他不得，这事得追溯至母辈，归咎于遗传。

一事至今四十年难忘。新婚时回婆家。婆婆拿着水电费账单，一脸焦急，朝刚进门的我们说："这个月的水费怎会这么多，一定是漏水或抄错水表，你们帮我到自来水厂去查查看。"

我问："这个月要缴多少钱？"婆婆扬着账单，我接过一看，不过二十六元。我惊讶再问："上个月是多少？"婆婆很气愤地回答："从来没超过二十四元，一定有问题，这个月也没有什么其他用水。"两元之差，对老人家而言竟像是天大的事，可见手头有多拮据。

其后，我们逐渐调整，夫妻同心协力赚钱，奉呈给公婆的生活费遂稍稍宽裕了些。一日，从中部北上途中，外子忽然跟我说："今早，妈妈从市场买菜回来。我问她给她的生活费还够用吗？妈妈很骄傲地回我：'有够用了，这阵去市场买鱼，都不必先问一两多少钱。你们也不用再多给我钱了，我真的够用了！你们赚钱也真辛苦。'我听了，觉得好安慰。"说到这里，我们夫妻俩都红了眼眶。

莫怪这个男人到如今还如此简朴持家，原来遗传了我婆婆美好的德行。想到往事，心里忽然暖了起来。呵！真不该取笑这些个神奇的遗传啊，社会不正是靠这众多体贴与勤朴的遗传创造了曾经的经济奇迹吗？

住在工地的日子

张曼娟 *

　　据说我很小的时候，我们不停地搬家，有时候箱子里的衣物还没全部取出来，又要搬家了。但这些无根的迁徙我完全没有印象。四岁那年，终于有一个安定的居所，父亲抽到了公家宿舍，那是我记忆中的第一个家——二层小楼，还有个小小的院落，种植着栀子花、桂花、石榴、桑树和葡萄。我和邻居的同伴们穿过一家又一家的餐厅和院子；在自己家和别人家的楼梯上上下下奔跑着；在村子广场的草地为男孩们的垒球竞赛吆喝加油，就这样剪去了长长的辫子，进入了中学。

　　公家宿舍后来变成了我们自己买下的不动产，母亲的育婴事业蒸蒸日上，需要更大的空间，有一天父亲宣布："我们要搬家了。"那时我刚考完高中联考，"不负众望"地落榜了，成为家人的羞耻印记，可以搬离这里真是太好了，一点惆怅也没有。为了支付新家的房价，必须立刻将旧家出售。还没有房屋中介的年代，只能委托"捎客"，捎客的样貌各有不同，有时候是邻居大婶；有时候是市场阿桑；有时候是小学老师，带着形形色色的人

---

　　* 著有小说《海水正蓝》。

来看房子，但都没有什么成效。于是又登了报纸的分类广告，打开报纸总觉得广告实在太小了，怎么会有人看得到呢？

新屋缴款的期限愈来愈逼近，父母的眉毛压得愈来愈低，半夜里能听到父亲起身踱步，在客厅里一圈一圈地走着，困兽的声息。

终于有一天，父亲不再欢迎掮客，决定自己的房子自己卖。找到一张全开红纸，研了浓浓的墨，写了一个大大的"售"字，底下是电话号码，贴在临广场的窗上，人来人往都能看到。

"哎，听说我们村子有人贴了好大的'售'超夸张的。"同伴笑着说。已经是少女的我面无表情："是我家啊，哪里夸张？"

邻居老奶奶远远指着我家窗户，问身旁的人："那是个什么字呀？老眼昏花看不清楚。"旁边的人回答："是个'售'字呀。""什么？"老奶奶非常惊讶："谁过寿呀？这么铺张。"冷面少女我本人正好经过，幽幽回答："没人过寿呀，奶奶，我家卖房子。"

有时候我自己在广场上看着那扇窗，也感到怀疑，这样真能卖房子吗？

然而，询问电话还是来了，嘀铃铃地响着，父母亲都在忙碌，弟弟年纪还小，我唰地一下子接起来，结结巴巴地报了平方数、格局、屋龄、屋况，恨不得赶快说再见。怎么这么逊呢？几次之后，决定力图振作，好好介绍这幢守护我童年的小楼。

"这是两房两厅，一厨一卫的两层楼，还有一个充满阳光的小院子，冬天一到，邻居都来我家借太阳晒被子呢。楼上的两间房是卧室，和楼下的客厅、餐厅分离，就算有客人来，也不会互相打扰，而且每个房间都有大窗户，视野很好，可以看见山上的竹子和相思树噢。后门虽然小小的，可是一出去就是广场，广场上的草地可以打球，也可以骑脚踏车……"听的人有了向往，说的人也添了离情愁绪，这就是我生活了十年的地方，是个如此美好的居所，也是我即将失去的家。

还没开始写作的时候，我就知道自己很会说故事，说着好故事，卖掉了自己的家。

说着精彩的故事，十四岁的我卖掉了自己的第一个家，解决了沉重的经济压力，于是，我们准备搬家了。确定了再也无法拥有这个家，真正的离情别绪才汹汹而至。站在阳台上和邻居同伴们打手语的午后；钻进邻居家堆满课外书的厕所阅读；楼梯下方小储藏室是我阴凉的庇护所；后门直接通往广场，那一排防风林是我们玩家家酒时，想象的城堡。

联考前的一个多月，妈妈把我安置在他们的床铺旁，那里铺了一个床垫，放满了我得努力读完的参考书与试题，每一天，除了吃饭，我就驻守在那里。读到眼睛酸痛，累得再也不能支持，便倒身入睡，睡醒了，洗把脸又继续读。卧室的窗帘恒常是降下的，隔绝了炎暑与阳光，也隔绝了我的时间感，就这样没日没夜的，一盏小灯陪着我的最后冲刺。虽然，这样的冲刺对我的联考成绩并没有什么帮助，却已经考出了有史以来的最高分。因为搬家，我得收拾起这一方联考战场的遗迹，不免有些伤感。父母亲却没有伤感的余裕，因为有个更结实的难题扑面而来了——在我们与买主订好交屋时间之后，发觉新房子工程延宕，无法准时交房了。

于是，我看着大人们展开一连串的协商与谈判，最终得出的结论是：因为买主必须准时迁入，我们只好如期迁出，住进毛坯屋的工地里。

我们住进的工地没有水电，工人帮我们拉了一条电线，夜晚来临时，便点亮一盏巨型灯泡。而且，那并不是我们的新家，而是新家的隔壁，我们暂时栖身，工人会赶工将新家的工程做完。也许因为父母亲都当过难民，他们随遇而安的韧性够强，牙一咬，就搬家了。我记得曾有邻居提议，可以先把家具搬到工地里去，我们则分住亲戚或朋友家。然而愈是在艰难的时刻，家人的情感愈凝聚，我们还是坚持要住在一起。说真的，住在工地这样有趣又刺激的经历，谁想放弃啊？

住进工地之后，所有的家具都随意堆放着，没有客厅也没有卧房，厨房没有煤气，浴室没有马桶，我们全家人挑了最大的一块空间，放上几张床垫，睡在一起。每天都在施工的噪音与飞扬的灰尘里过日子；用一个大同电饭锅料理所有的食物；要养成按时大小便的习惯，因为一天只有几次能去另一幢尚未卖出的公寓里借用洗手间。然而，对我们来说，最大的挑战却是没有门。我们暂住的四楼公寓没有门，连楼下进出的大门也没有，完全是门户大开的状况。父亲将我和弟弟的铁床床架挡在门口，想象着能给闯入者一些障碍，然而这并不能安慰我和母亲的恐惧，于是父亲从街边捡回一颗"人头"，应该是美容院丢弃不要的，我们为她画上妆，放在铁床架上，再用手电筒照着她，作为我们的守护者。每夜兴奋地等待着闯入者发出魂飞魄散的恐怖叫声。

常有人来探望我们，他们送来猪油，我们便吃猪油、酱油拌饭；他们送来大西瓜，我们翻找出西瓜刀将瓜"就地正法"；他们带来一颗球，我们就在人车稀少的巷子里玩躲避球。

住在工地的那个暑假，我的人生也挂着"施工中"的牌子，却是一段逸出正轨的欢乐时光，让我觉得困难啊什么的，都只是过渡时期，一切终将变好的。

叁

人生实难

我与我的南京

毕飞宇 *

　　就在今年，南京市民搞了一次民间活动，海选"最喜爱的关于南京的诗句"。最终，获奖的是"旧时王谢堂前燕，飞入寻常百姓家"。

　　有关部门请我写个评语，我写道：没什么可说的，这两句好。我也想选这两句。

　　事实上，关于南京，还有别的诗句，比方说："南朝四百八十寺，多少楼台烟雨中。"这两句也好，我也喜欢。就诗歌的意境而言，这两句也许更好。然而，相对于南京来说，这两句是平面的，它远不如那一群恣意飞翔的燕子。

　　我是在乡下长大的。在我们乡下，孩子总是顽皮的，我们会掏鸟窝，会拿弹弓射杀鸟类。但是，有一种鸟我们不会杀，长辈们不允许，那就是燕子。燕子是"好鸟"，它被道德化了，它是

　　* 一九六四年生于江苏兴化。二十世纪八十年代中期开始小说创作。曾获得英仕曼亚洲文学奖、鲁迅文学奖、茅盾文学奖、百花文学奖等，著有《玉米》《青衣》《平原》《造日子》《推拿》等。

专门给我们送财富来的，谁家的堂屋里飞来了燕子、有了燕窝，谁家就要发财。在我们的文化里，燕子一直比狗好，狗眼看人低，而燕子呢？童叟无欺，贫富无欺。

而实际上，燕子更偏爱一些高大的堂屋，道理很简单，堂屋高，门就高，燕子们的出入就要容易一些。当然了，那些矮小的茅草房它们也不嫌弃，今年来，明年来，后年还来。燕子很念旧，它认得路。凡是可以和人类结成长期、友好关系的生命，我们乡下人有一个说法，叫作有"灵性"。

好吧，在南京，在南北朝的时候，有两个大户人家，一家姓王，一家姓谢。大户人家有大户人家的标志，那就是房子高，房子大，房子亮堂，它们是砖瓦结构。人们习惯于把住在这种房子里的人称作"贵族"。贵族家当然有燕子，这些燕子就在贵公子和贵小姐的头顶上交配、下蛋和哺育，其乐融融。

可是不好了，时代变了，命运改了，那些看着燕子们交配、下蛋和哺育的贵公子和贵小姐们，他们突然就吃不上饭了，他们突然就失去了"交配"与"下蛋"的华屋和温床了——这就叫败家，这就叫三十年河东三十年河西，这就叫命运。干脆，这就叫历史。这里头都是热血、眼泪、喟叹与生死。

燕子们却不管这些，它们依然要交配、下蛋和哺育，没有瓦屋，它们可以将就，草房子里头它们一样可以因陋就简——燕子和人就是不一样，真的想交配，那就别挑地方。

几百年过去了，一个生性敏感的诗人来到了南京，来到了贵族的聚集地——乌衣巷。他来到乌衣巷的时候天光暗淡了，夕阳西下，残阳如血。在残阳的血照中，他看到了别的，那就是人类的命运，物是人非，浪奔浪流，沉沉浮浮。唯有燕子在斜飞归巢。

从此，这个世界上就多了一种动物，叫南京燕，也多了一种人，叫南京人。

南京人的明白与透彻不是天生的，三岁的时候母亲就教了："旧时王谢堂前燕，飞入寻常百姓家。"瞥一眼天上的燕子，南京人在一秒钟之内就可以长大。当然，要想把这个长大说明白，也许要用一辈子。曹雪芹就说了一辈子，他说明白了。我认为他说明白了。

我不认为曹雪芹是悲观的，相反，他是我精神上空的一只飞燕。他教会我很多，那就是不要去做人上人，那就是尽力做一个本分人。本分人并不麻木，他可以微笑着燕子来与燕子去。

南京人的淡定是著名的。三十多年前，我二十三岁，大学毕业，第一次到南京入职。一上街，我傻眼了，南京有那么多漂亮的姑娘。我傻眼不是因为她们漂亮，而是她们都坐在马路边的小板凳上，在吃。一问，知道了，她们吃的是"旺鸡蛋"——因为孵化失败而死在鸡蛋壳里的小鸡。南京美女的理论是这样的，因为死鸡在蛋壳里已经成形了，所以，吃一只"旺鸡蛋"就等于吃一只鸡，吃两只"旺鸡蛋"就等于吃两只鸡。一个漂亮的南京姑娘如果在下班的路上吃上五只鸡，再加上一瓶啤酒，那是什么等级的营养水平？所以，南京的姑娘们坐着，不急于回家，她们把肉嘟嘟的小鸡从蛋壳里取出来，一边拔毛，一边蘸椒盐。后来我在报纸上看到了，说"旺鸡蛋"极不卫生，有些甚至有毒。可是你听听南京的美女们是怎么说的：×××，烦不了那么多，多大事啊。

这句话是由三个部分组成的。第一个组成部分当然是粗口。南京人非常热衷于粗口。无论是男性的性器还是女性的性器，南京人几乎就是挂在嘴边的。老实说，我从来不认为南京人嘴脏。这年头谁还不会说普通话呢？南京人自然也有两套语言体系，一个是普通话，一个是南京话。只要南京人说上了南京话，无论他是王谢还是百姓，都一个调调，都爱爆粗口。南京人就是王谢，南京人就是百姓。

第二个组成部分是"烦不了那么多"，有时候也叫"不烦"。都说某某地浑，我不太信。南京人是真的浑。浑是南京人精神上的老底子。这是由南京特定的历史造就的。南京人可是见过生死的，浑是南京人的粗鄙，也是南京人的优雅。这里头有一种坦荡，也可以叫超越。生死当头，你不浑你怎么活？南京人在细处固然不计较，在大处有时候也不计较。我们不能简单地说它好不好，我只是说，南京人是真的浑，浑到"旺鸡蛋"和一只鸡都可以不分的地步。

因为浑，南京人的眼里没有"事"，多大的事都不算事。我认识一个人，有一天，这个人和他的朋友约好了，要买房子去。路过宠物医院的时候，医院正要给一只乌龟做结石手术。这个人想，乌龟怎么会有结石呢？给乌龟做结石手术是怎样的呢？他的好奇心涌动起来了。他去糕点店买来了蛋糕，特地送给了医院的主刀大夫，为的就是看这台手术。他是中午走进了手术室的，晚上八点他心满意足了，回家。一到家电话就响，朋友劈头盖脸就问："你死哪里去了？找了你一天了？""看乌龟的手术去了，哎，乌龟也有结石的。"朋友骂了他一句后愤然挂上了电话。

附带说一句，看乌龟手术的人就是我。我放下电话，自言自语地说，多大事啊。燕子就不能去看看乌龟吗？

我也写小说，写了几乎半辈子了。多大事呢？

灭烛，怜光满

蒋勋

不知道为什么一直记得张九龄《望月怀远》这首诗里的一个句子——灭烛怜光满。

明月从海洋上升起，海面上都是明晃晃的月光。大片大片如雪片纷飞的月光，随着浩瀚的水波流动晃漾。月光，如此浩瀚，如此繁华，如此饱满，如此千变万化，令人惊叫，令人啧啧赞叹。

诗人忽然像是看到了自己的一生，从生成到幻灭，从满树繁花，如锦如绣，到刹那间一片空寂，静止如死。刹那刹那的光的闪烁变灭，刚刚看到，确定在那里，却一瞬间不见了，无影无踪，如此真实，消逝时，却连梦过的痕迹也没有，看不到，捉摸不到，无处追寻。

诗人的面前点燃着一支蜡烛，那一支烛光，晕黄温暖，照亮室内空间一角，照亮诗人身体四周。

也许因为月光的饱满，诗人做了一个动作，起身吹灭了蜡烛的光。

烛光一灭，月光顷刻汹涌进来，像千丝万缕的瀑布，像大海的波涛，像千山万壑里四散的云岚，澎湃而来，流泻在宇宙每一处空隙。

"啊——"诗人惊叹了，"原来月光如此丰富饱满——"

小时候读唐诗，对"怜光满"三个字最无法理解。"光"如何"满"？诗人为什么要"怜光满"？

最好的诗句，也许不是当下的理解，而是要在漫长的一生中去印证。

"怜光满"三个字，在长达三四十年间，伴随我走去了天涯海角。

二十五岁，从雅典航行向克里特岛的船上，一夜无眠。躺在船舷尾舵的甲板上，看满天繁星，辨认少数可以识别的星座。每一组星座由数颗或十数颗星子组成，在天空一起流转移动。一点一点星光，有他们不可分离的缘分，数百亿年组织成一个共同流转的共同体。

爱琴海的波涛拍打着船舷，一波一波，像是一直伫立在岸边海岬高处的父亲"爱琴"（Aegean），还在等待着远航归来的儿子。在巨大幻灭绝望之后，"爱琴"从高高的海岬跳下，葬身波涛。希腊人相信，整个海域的波涛的声音，都是那忧伤致死的父亲永世不绝的呢喃。那片海域，也因此就叫作爱琴海。

爱琴海波涛不断，我在细数天上繁星。忽然船舷移转，涛声汹涌，一大片月光如水，倾泻而来，我忽然眼热鼻酸，原来"光"最美的形容咏叹竟然是"满"这个字。

"怜"，是心事细微的振动，像水上粼粼波光。张九龄用"怜"，或许是因为心事震动，忽然看到了生命的真相，看到了光，也看到了自己吧。

一整个夜晚都是月光，航向克里特岛的夜航，原来是为了注解张九龄的一句诗。小时候读过的一句诗，竟然一直储存着，是美的库存，可以在一生提领出来，享用不尽。

月光的死亡

二十世纪以后，高度工业化，人工过度的照明驱赶走了自然的光。

居住在城市里，其实没有太多机会感觉到月光，使用蜡烛的机会也不多，张九龄的"灭烛怜光满"只是死去的五个字，呼应不起心中的震动。

烛光死去了，月光死去了，走在无所不侵入的白花花的日光灯照明之下，月光消失了，每一个月都有一次的月光的圆满不再是人类的共同记忆了。

那么，"中秋节"的意义是什么？

一年最圆满的一次月光的记忆还有存在的意义吗？

汉字文化圈里有"上元""中元""中秋"，都与月光的圆满记忆有关。

"上元节"是灯节，是"元宵节"，是一年里第一次月亮的圆满。

"中元节"是"盂兰盆节"，是"普渡"，是把人间一切圆满的记忆分享于死去的众生。在水流中放水灯，召唤漂泊的魂魄，与人间共度圆满。

圆满不只是人间记忆，也要布施于鬼魂。

在日本京都岚山脚下的桂川，每年中元节，渡月桥下还有放水灯仪式。民众在小木片上书写亡故亲友姓名，或只是书写"一切众生""生死眷属"。点上一支小小烛火，木片如舟，带着一点烛光放流在河水上，摇摇晃晃，飘飘浮浮，在宁静空寂的桂川上如魂如魄。

那是我又一次感觉"灭烛怜光满"的地方，两岸没有一点现代照明的灯光，只有远远河上点点烛火，渐行渐远。

光的圆满还可以这样找回来吗？

岛屿上的城市大量用现代虚假丑陋的夸张照明杀死自然光。杀死月光的圆满幽微、杀死黎明破晓之光的绚丽蓬勃浩大，杀死黄昏夕暮之光的灿烂壮丽。

我们为什么要这么多的现代照明，高高的无所不在的丑恶而刺眼的路灯，使人喧嚣浮躁，如同噪音使人发狂，岛屿的光害一样使人心躁动浮浅。

"光"被误读为"光明"，以对立于道德上的"黑暗"。

浮浅的二分法鼓励用"光明"驱赶"黑暗"。

一个城市，彻夜不息的过度照明，使树木花草不能睡眠，使禽鸟昆虫不能睡眠，改变了自然生态。

"黑暗"不见了，许多生命也随着消失。

消失的不只是月光、星光，很具体的是我们童年无所不在的夜晚萤火也不见了。

萤火虫靠尾部荧光寻找伴侣，完成繁殖交配。童年记忆里点点萤火忽明忽灭的美，其实是生命繁衍的华丽庄严。

因为光害，萤火虫无法交配，"光明"驱赶了"黑暗"，却使生命绝灭。

在北埔友达基金会麻布山房看到萤火虫的复育，不用照明，不用手电筒，关掉手机上的闪光，萤火虫来了，点点闪烁，如同天上星光，同去的朋友心里有饱满的喜悦，安详宁静，白日喧嚣吵闹的烦躁都不见了。

"灭烛怜光满"，减低光度，拯救的其实不只是萤火虫，不只是生态环境，更是那个在躁郁边缘越来越不快乐的自己吧。

莫奈的《日出·印象》

欧洲传统绘画多是在室内画画，用人工的照明烛光或火炬营造光源。有电灯以后当然就使用灯光。

十九世纪中期有一些画家感觉到自然光的瞬息万变，不是室内人工照明的单调贫乏所能取代，因而倡导了户外写生，直接面对室外的自然光（En plein air）。

莫奈就是最初直接在户外写生的画家，一生坚持在自然光下绘画，寻找光的瞬间变化，记录光的瞬间变化。

莫奈观察黎明日出，把画架置放在河岸边，等待日出破晓的一刻，等待日出的光在水波上刹那的闪烁。

日出是瞬间的光，即使目不转睛，仍然看不完全光的每一刹那的变化。

莫奈无法像传统画家用人工照明捕捉永恒不动的视觉画面，他看到的是刹那瞬间不断变化的光与色彩。

他用快速的笔触抓住瞬间印象，他的画取名"日出·印象"，他画的不是日出，而是一种"印象"。

这张画一八七四年参加法国国家沙龙比赛，没有评审会接受这样的画法，笔触如此快速，轮廓这么不清晰，色彩这么不稳定，这张画当然落选了。

莫奈跟友人举办了"落选展"，展出《日出·印象》，报道的媒体记者更看不懂这样的画法，便大篇幅撰文嘲讽莫奈不会画画，只会画"印象"。

没有想到，"印象"一词成为划时代的名称，诞生了以光为追寻的"印象派"，诞生了一生以追逐光为职志的伟大画派。

石梯坪的月光

石梯坪在东部海岸线上，花莲县南端，已经靠近台东县界。海岸多岩块礁石，礁石壁垒，如一层一层石梯，石梯宽阔处如坪，可以数十人列坐其上，俯仰看天看山看海。看大海壮阔，波涛汹涌而来，四周惊涛裂岸，澎轰声如雷震。大风呼啸，把激溅起的浪沫高扬在空中吹散成云烟。

我有学生在石梯坪一带海岸修建住宅，供喜爱东部自然的人移民定居，或经营民宿，使短期想远离都会尘嚣的游客落脚。

我因此常去石梯坪，随学生的学生辈扎营露宿，在成功港买鱼鲜，料理简单餐食，大部分时间在石梯坪岩礁上躺卧坐睡，看大海风云变幻，无所事事。

石梯坪面东，许多人早起观日出，一轮红日从海平面缓缓升起，像亘古以来初民的原始信仰。

夜晚在海边等待月升的人相对不多，月亮升起也多不像黎明日出那样浩大引人敬拜。

我们仍然无所事事，没有等待，只是坐在石梯坪的岩礁上聊天，但是因为浪涛声澎轰，大风又常把出口语音吹散，一句话多听不完全，讲话也费力，逐渐就都沉寂了。

没有人特别记得是月圆，当一轮浑圆明亮的满月悄悄从海面升起，无声无息，一抬头看到的人都"啊——"的一声，没有说什么，仿佛只是看到了，看到这么圆满的光，安静而无遗憾。

初升的月光，在海面上像一条路，平坦笔直宽阔，使你相信可以踩踏上去一路走向那圆满。

年轻的学生都记得那一个夜晚，没有一点现代照明的干扰，可以安静面对一轮皓月东升。我想跟他们说我读过的那一句诗——灭烛怜光满，但是，看到他们在宇宙浩瀚前如此安静，看到他们与自己相处，眉眼肩颈间都是月光，静定如佛，我想这时解读诗句也只是多余了。

我的怀疑

盛浩伟 *

我是一个无法停止怀疑自己的人。

我总是问自己为什么，为什么这样那样，为什么要，为什么不要。如果没有答案，即便是原本想要做的事，也许就索性不做了。

很早我也领悟这是一个极糟糕的个性，因为它时常令我除了维持基本生理与生活所必需的行动之外，什么事也做不了。就连事情做完了，这个性依旧困扰我，因为凡不得不做之事，大多与他人有关，事情做完了也往往有评价。若是批评，我会怀疑自己真的有这么差、真的该被这样对待吗？若是称赞，我也无法抑制去怀疑自己真有这么好，真的值得被褒扬？若是不批评不称赞不置可否，那我则回到原点，不停怀疑做这件事情的意义何在。

这个性影响写作尤深。曾经有段时间最为严重，就连写下几个字都会引起强烈的自我怀疑，于是写了又删、删了又写，写写删删，到最后完成一篇文章，被删去的字句大多都是完成篇幅的

---

* 著有散文集《名为我之物》。曾获时报文学奖等，并参与编辑《秘密读者》。

两三倍；而更多的是写到结尾，可能只差一两个段落了，却突然顿感虚无，遂大刀一段段往前砍去，留下开头，存档，放到文件夹里，想着未来再写，但未来总是没有来。

那时我经常怀疑一切怎么会变成这样。好久以前，写，只是觉得自己好像可以做到这件事，像我孩提时期总爱堆起积木又推倒，或者画好涂鸦又撕掉，那是我一个人的事，孤独的游戏，不为什么，只是进行着；到高中加入校刊社，对写作和文学，才有了更深的理解，知道这不只是一个人的事，知道除了自己之外还有其他写作者，还有读者，甚至有文坛这样的空间网络存在。在懵懵懂懂之间，我开始模仿那些有才华的学长们投文学奖，偶尔也幸运得奖。这一方面像得到证明，知道自己原来在某些人眼中，算得上有点能耐；可一方面也加深怀疑，怀疑自己其实什么能耐也没有，有的只是运气，而运气总有用完的一天。就这样一来一往，最后变得好不想写，却又一直想着写，要写；一旦真的写，又怀疑写的意义。

写的意义是什么呢？

写文学的意义是什么呢？

每写下一个字，这个问题就愈清晰，回答就愈困难。

这不是个陌生的问题，我见过许多不同回答。记忆里最常看到的一种说法是：写作或文学，是救赎。可是对于不停写写删删、无止境怀疑每个字句的我而言，那只是折磨；写的当下是折磨，写完要面临他人，更是折磨。总之于我绝不可能是救赎。与此相近的另个说法是：寻找自我、找到内心的真实之类。可是，如果文学不只是一个人的事，牵涉到读者、出版社甚至其他作者，牵涉到公共发言的权力，那为什么一个人觉得找到自己，对其他人来说会是重要的呢？我无法抑制地怀疑。

还有一种常见的说法：为了美、为了艺术、为了生命的沉重深刻云云，诸如此类。总之，不是崇高的，就是严肃的。可是这也让我好怀疑。确实，读到某些在当代被称为经典或被认为成功的作品，我也曾心向往之，也曾浮现"想写出这样的作品"的念头，可是如果这些作品真的这么成功，为什么如今它们的影响力仿佛只限于书页的字里行间，只限于默默阅读的当下，一旦个人感动结束，却无法真正改变世界什么？当今世界还是充满这么多庸俗和丑恶，甚至那些思想保守的、自私自利的、迫于无奈被摆布的人们，也可能都或多或少接触过，甚至很可能仔细精读过这些所谓"崇高"或"严肃"的作品吧？但是，不能带来任何实际变革与解放的"崇高"或"严肃"，还配得上这样的词语吗？岂非虚名而无实？这些词语——"崇高""严肃"或是"深刻""伟大""信仰""文学是大写"云云的诞生，会不会都只不过缘于一群人依照自己喜好所进行的一场巨大游戏，以批评的方式淘汰不合群的黑羊，而以美丽的话语为理由妆点强化朋党的立场呢？总之，我也止不住怀疑这个说法。

曾在图书馆翻到一本书，那是早年写过《日本近代文学起源》的柄谷行人在近年出的另一本书《近代文学的终结》。里头宣告"文学"在这个时代，已经失去了任何作用。柄谷认为，过往，曾经有一个时代，文学肩负了沉重而严肃的任务，务求逼近世界的真实，探讨政治、社会、道德、信仰等课题，旨在改变人的认知，改变世界；但如今，文学已沦为纯粹的娱乐，一部分的作品毫不避讳地迎向市场、面向大众，剩下另一部分的作品，则是道貌岸然、满口崇高神圣的修辞，仿佛震古烁今，实际却没几个人在阅读。他更举《微物之神》作者阿兰达蒂·洛伊为例，说洛伊出版此书、获得布克奖后，便不再写小说，只发表各种议论，致力于各种社会运动、反战运动；他还这样说："洛伊并非舍弃文学而选择社会运动，而是成功地继承了正统的'文学'。"换言之，在柄谷眼里，"正统的文学"并不框限于形而下的文字，它根本核心是一种形而上的，追求新变、实践理想的精神。

这四五年，我不时闪过这样的念头：在台湾，纯粹的文学，还有多少人在读呢？几千人？几万人？可是这些人占全台湾人口多少呢？就连在学校或学院里，关注着文学的人也已是少数中的少数。文学已经无法引起波澜，更别说改变什么；有时候真的得起而行才更重要，愈是冀求改变的时刻，这念头就愈强烈。

可是——

可是忽一转念——

可是我本来，本来就不是为了要改变什么现实世界，才开始接触文学、开始写作的呀。

难道只参与社会运动、什么也不写，或者，只写些社会、政治相关的时事评论或凝聚士气的热血檄文，就足以称为文学吗？

不，我没有答案，只是又这样怀疑着。怀疑着文学，怀疑着写作，怀疑着不断怀疑着文学和写作的自己，还有怀疑着我是如何怀疑着。

我觉得自己真是无可救药。

为什么不断地怀疑了这么久，却还是持续进行同样一件事情呢？

对啊，为什么不断地怀疑了这么久，却还是持续进行同样一件事情呢？

这个想法在我上次换笔记本电脑的时候首度浮现。怎么怀疑了这么久，痛苦了这么久，折磨自己这么久，却从来没有怀疑过"一直怀疑"这件事？我一边想着，一边把储存数据的随身硬盘接上，准备把旧档案都复制到新的计算机里，当然包含那个装满了还没有未来的断头档案的文件夹。花费时间比我想象的快上许多，等传输作业完成，移动鼠标点开，哗——里头是空的。

我赶紧拿出旧计算机，点开文件夹，里头也是空的。

那整个晚上，我找遍所有储存装置，所有储存装置里的所有文件夹，所有文件夹里的所有档案。只剩完成了的那些还乖乖地存着，印象里没完成的档案全都消失了。粗估，小说和散文开头少说各有三四十个，而纯粹的灵感题材笔记大概有上百则。这么庞大的数据，到底哪里去了？

不知道。到现在还是不知道。曾有整个月都想哭。等到不想哭了，就开始怀疑，怀疑该不会根本没有这回事，只是我太过怀疑而扭曲的妄想？

但从那之后，写作时怀疑的发作，居然似乎减轻了；作品未必比较好——即使我希望——但是删得不那么多了，写得不那么挣扎了。很神奇。

日后某次有机会写到了一段和童年有关的回忆，我才联想到可能的答案。

或许，我始终是那个堆起积木又推倒，画好涂鸦又撕掉的小孩吧。

那些写，那些删，重点不在留下什么，重点是我一直在做这件事，我知道我一直在做。

我想，对写作、对文学，我还是相信的。唯一因长大而不同的地方在于相信的方式变了：我用怀疑来相信。因为相信，所以敢大胆怀疑；因为知道无论怎样怀疑，也不会改变相信。

我相信写作，因为写作就是我的怀疑。

当我这样想的时候，我发现那是唯一没有怀疑自己的事。

实验人形奥斯卡

唐捐 *

　　我念高中时，从乡村来到市镇。三年间，遗失了十一辆脚踏车，赁居过七个房间。那七个房间常在梦里飞旋变化，串成一列火车，驰过孤寂的青春大地，恬静而古旧的小城市，植有大棵雨豆树的校园。多少年过去了，我依稀看见，车厢里几多个我在明灭的灯火下，默默颓废且忧伤，如丝瓜拉长，如云烟消散。

　　监狱筑在高处，外面有条护城河（或大水沟）。学校盖在一个山坡上，西侧杂巷里有些租书店、撞球间、小面摊，足以助杀一些苍白的午后。北侧是死寂的天龙禅寺，传说中的枯荣大师，或正在里面修炼他的六脉神剑。我有时坐在台阶上背诵三民主义，集中精神，享用一种恐怖的禅悦。七八株红花微微摇颤，两头白象守护着四边的肃穆。

　　像这样，放学后我常骑着脚踏车穿梭于街巷，寂寂一人，若有所求。电动玩具店里我专攻一款游戏：开着黄色坦克东西游

---

　　* 诗人、散文家、文学评论者。著有《网友唐损印象记》《金臂勾》《大规模的沉默》等。

走，挺一根炮管朝蜂拥而至的白色坦克乱射，不为什么地过了一关，再过一关。垂阳路大水沟边有间漫画店，坐在里面看，每本两块或三块；消磨了整个晚上，随喜布施一些零钱也就可以脱身，店主似乎不太计较。那时人间尚无"白烂"一词，因此，我怀疑我在那里吸收的，只是些暴力、色情、不健康的文学与人生。

我熟悉小城里的旧书与廉价书店，其中有家是W老师的弟弟开的，别家卖的他都有，但特色商品应是廉价的色情小说。W老师毕业于台湾师大国文系，他说他同学王×雄教授吃饭时常把一只脚弓起踩在长板凳上，十足乡下人的模样。我的笔记里至今还铭刻着他的语录："书中自有刘瑞琪，书中自有保时捷。"他自称年轻时是轰动一时的补习班名师，常与我们分享在港都花天酒地的细节。

课文的解释他有时讲错或有些凌乱，我不在乎，比较要紧的是他开启了关于国文系的奇妙幻想。当时我最常翻读的书是《李白评传》和《无岸之河》，念诵着："来日一身，携粮负薪。道长食尽，苦口焦唇。今日醉饱，乐过千春。""嚼着烟草而把帽子仍然戴在昨天的那个地方的是他……"我被一股魔魅的韵律感灌满，有着用舌用笔摇出自己的情意的想望。我喜欢诗人的忧患、狂想与嚣张，还有那些新奇的文字组合。

* * *

翻过一大片山，连续弯路六十公里，就能回到我的盆地——

水库边的偏远山村，街尾的木造家屋。晒好的笋干经硫黄烟熏过，有着美好的色泽、刺鼻的气味，满满地堆放在客厅。穿过狭隘的通道，走到屋后，阿爸正在给他山上采来的"水波石"配上丑陋的水泥底座，他认为那样可以卖得更好。铁皮搭建的屋尾，还养了一大池福寿螺，有人诓他可以繁殖换钱。我说，"阿爸，我回来了。"妈呢？在笋干场趁着烈阳把笋米一片片铺开，几十只小拇指般的笋虫被弃置在旁边。

还有许多时日，爸、妈和哥哥住到水库对岸，山上的笋寮。

山和湖，草莱之美，乡野的蒙昧与荒芜，我是熟悉的。

当时，我或许宁愿离开它们远一点。

客运车驶在碎石铺成的山区省道，最曲折最高远的台三线。通过峡谷上的大桥、鸟埔、火烧寮、柳藤潭、风吹岭……我又进入了小城。在赁居的房间里，度过豪华而寂寞的十六岁。有时是在理发店的木造阁楼上，夏日打着赤膊，聆听自己的汗水。楼梯间不时传来奇异的油粉味和俚野的歌谣。清晨四点钟，对街的面店开始擀面粉。面粉揉成一团，捏拿起来再狠狠往桌面抛掷，再揉，再抛掷。我清楚地觉知那木杆的来与回，以及清脆的"啵"声。

像一个游牧者，我终于把家当搬到民族路，一家廉价书店的楼上。

　　店里专卖一些残损书、回头书或倒店货，除了远景、远行、大林、水牛的丛书，还有一些不太出名的杂书散刊。最便宜的，每本大概十几二十块吧。每日下楼，我常驻足随意翻看，渐渐被七等生吸引：他的不与常人同调的叙说方式，他的阴郁、冥搜与怪异的故事框架。我小学时就深知其大名，因为家里有两本《南海血书》（大哥二哥各买了一本），里面附了一篇讨伐他贻害青年的文章。我最爱的是《在雾社》这篇浓浓抒情茫茫行旅的诗化叙事。刘和雷（也就是武雄和骧啦）两个旧友相约攀登合欢山，在雾社度过一夕，叙述者刘絮絮琐琐回想起自己孤独索寞的旧事（譬如：为了心爱的女孩而骑单车环岛到每一乡镇寄出明信片），并诉说他与雷之间有多少差异与龃龉，"凡是我与他携手合作的事，没有一件不是到最后不欢而散的。"奇怪的是，每当"极度不快乐"时，他们就会想要与对方一起做些什么，譬如此刻，在雾社……

　　房东即书店主人，他和美丽的女儿轮流看管这家店。事过多年，我早已忘了他们的五官样貌，只记得在看书的间隙屡屡抬头凝视一张迷人的脸庞，感觉无比忧伤与幸福。夜里，由于一种烟囱效应，房东巨大的浑厚长的鼾声，从二楼升起，穿墙透壁，达于四楼。像一股惊天的涛浪，把我卷起来。我曾经计算过，他的每一个呼吸大约十二秒。我可比受伤的小兽在陷阱里废然张望，想要跟上他的呼吸却屡屡挫败，几个月后不得不逃离这里……但往后，每当我读书而生禅悦，便会想起神秘的少女之脸；每当看到"大块噫气"，我就想起那样的苍白年少，游仙窟的奇异岁月。

＊＊＊

　　有个假期我和某个同乡旧友以及他表哥去他表哥的同学家里看片。在兰井街一旧屋度过两个日夜，屋里有许多诡秘艳异的书与旧杂志。当众人全力玩扑克牌，终于累瘫于阁楼上，我的眼睛却炯然有光，悄悄从第十二集推进到第十三集。啊，那是《实验人形奥斯卡》，一部标着"限"字的成人漫画。

　　渡胸是个羞涩柔弱的男子，但也是技术超凡的人偶制造师。大众找他去做最精良的"实验人形"，以便在车辆碰撞测试中，如实地反映各种状况。德国车厂要的，只是骨骼肌肤和内脏构造与人类相似；渡胸却坚持做出会流血、疼痛、有情感的人形。外表温顺的他，内里住着另外一种张扬暴烈的自我。每受强力刺激，便会分裂出来。就像"Dr. Jekyll and Mr. Hyde"那般，这是一个双重人格的故事。

　　一旦陷入非常状态，渡胸就化身为"奥斯卡"（他亲手创作出来的完美人形）。强大、健美、秀异，拥有极夸张而雄伟的男性特征；能够洞察表里，破除伪善的人事、纠结的刑案、秘藏的心，征服那些或美丽或郁结或神秘的金发女性，抚慰她们的内在创伤（和欲望）。啊，那些工笔细致的女体曲线以及肆无忌惮的局部特写，荡姿媚行，大大刺激我青春的感官。仿佛还告诉我，世界的底层还有世界，阴翳里埋伏着能量，人格崩毁是诗的端倪……

　　当时我便知道，这是一本自卑之书，色情化的精神胜利法。

自卑者心里养着摩罗，在幽暗梦寐里变身，重组了世界。

"从雪白的秋千上跳下来／好像是想插在发上／一野玫瑰的／处女们／已没有了吗"，"回答我吧妈妈／家庭及家族／是什么东西"。这是奥斯卡的爵士乐，抒情且带着质疑，孤寂又有点哲思。我也就想起来了我神秘的哥哥七等生，把花插在女人头上的李龙第（他说："李龙第是她丈夫的名字，可是我叫亚兹别，不是她的丈夫"），以及来到小镇的亚兹别和他奇怪的思维，恍若天残的句法。我可以否认我是我，人类重组，世界崩溃，话也可以不像话那样清白而愚顽。

那天以后，我常看到奥斯卡和亚兹别，解悟他们其实是同样一种灵魂的不同变体，能够穿梭人我、淆乱真幻、逆转善恶与强弱，通过诗一般的力。执笔写着神秘而狂乱的手记，我在揣摩着变强的感觉，虽然我还不能。假如我能，提升自己的技艺，使假的皮肤可以流出真的血，我将可以使自己的寂寞自卑不快乐取得额外的意义与能量，得假身，变真相，去到我没有去过的巴黎纽约炼狱净界，用文字解放自己修饰他人。然后，我听到一个声音说："我的里面还有，我／*的里面还有，我／然而故事以及字的罗列／然而故事以及字的罗列。"

＊ 原文即如此。

玛丽安，我的树洞传奇

杨泽 *

想象，如果你不反对，一个来自南方小镇的年轻人，刚过了懂得慕青春少艾的年龄不久，初抵外地的大都会求学，大街小巷，目光所及，一切对他都显得如此新鲜立体，甚至突兀神奇。

想象，如果你不反对想象，上苍给这年轻人天生一副多愁善感的性情，还有难得富磁性的低音嗓子。想象他初来乍到，五光十色的大城，加上以大城为背景的少艾之恋，固然令他欣喜万分，遇事好钻牛角尖的个性——一种无以名之，属于一般志气薄弱的年轻人才有的"心魔"——偏让他吃尽苦头。他在校园里，在公交车上，很快认了三四个干妹妹，接连谈了好几场恋爱，到后来，竟因暗恋一个连手都没碰过的学妹，丢掉了最先爱上、也最爱他的旧情人。

这不甘寂寞的年轻人，对爱情绝望，又自认没爱活不了，活不下去的年轻人，同时对生命感到困惑不已，他处处模仿之前囫囵吞下、一知半解的西方存在主义读物过日子，在内心凹洞为孤

---

* 文学编辑工作者。以市井访友泡茶，拥书成眠为乐事。

独盖迷宫，为忧悒起城堡，就差那么一点便因他的天生好嗓子，被人强拉进教会圣咏队唱诗歌，所幸他还有自知之明，在那之前，已先加入校内的现代诗歌社。

想象，如果你不反对想象，而且如果你多少知道青春，任何时代的青春，是怎么回事，而青春时代的爱情又是怎么回事。想象这年轻人平常爱跑到河边玩，对着河水唱歌，半是儿戏，半是一个人落单了没事干。然而，就像古代诗人早说过的，"雏凤清于老凤声"，几回初试啼音，当河边傍晚吹起凉风，天地为之变色，一时间，他竟深深爱上了自己的声音——深深被自己嗓子所能模拟出各种情感光谱的忧愁及悲伤，被自己低沉厚重的嗓音，更准确地说，被那人声本身给撼动了。

＊＊＊

李渔当初是这样说的："丝不如竹，竹不如肉。"

也就是，就各种能发出声音的乐器而言，人声不折不扣是最美好的一种。

可我得很快补上一句，人声和丝竹之音层次有别，人声并非任何乐器，它不止最美好，也最是独特。

认真说来，人声是何等素朴鲜活、复杂奇妙，而又不可思议的东西呀！人声的背后有许许多多无意识，或人直接意识不到的美妙东西，因为它就来自人身这神奇的生命树、知识树、爱情树本身。

人声和丝竹之音层次有别，磁场有别，频率有别，因为你我体内有太多奇妙的腺体，奇妙的"性灵的滋液"，掌握着人声最富神韵的部分。人声来自生命的源头，而那正是吾人性灵或"情之所钟"的各种窍穴、孔洞之所在。

从伊甸园以降，恋爱中人于万千场景的呢喃低语，既像是重演在爱情树上偷偷刻下恋人名字的仪式，更宛如频频对着树洞呼唤呐喊。古往今来，对"钟情正在我辈"的诗人歌人而言，恋爱中人的忽忽若狂，恋爱中人的歌哭无端，乃是无上启示；性灵的秘密与奥义，人声的秘密与奥义，尽在于斯矣。

也因此，我们可以充分想象与理解，当傍晚凉风吹起，那外地来的，一脸迷茫的小伙子，那情场失意，只好对着河水唱歌的年轻人，反而得以误入自己歌声的树洞，在一遍遍的自我聆听底下，进一步偷觑到灵魂与肉体的双重命题，以及自己未来的人生任务。退一万步而言，即使人心再孤寂，世界再一无所恋，那个在向晚河边彷徨的年轻人，他无意间发现的，可是笔何等独特的生命财富，何其大的性灵宝藏啊！

＊＊＊

诗集《蔷薇学派的诞生》及《仿佛在君父的城邦》是我最早

发表的两本旧作，初面世在二十世纪七十年代末，今天回首已有四十余年。

两本诗集断版多年，而我也早过中年多时，黄仲则名句"结束铅华归少作，摒除丝竹入中年"，对我不适用。反而是，龚定庵同样有这么两句"少年哀乐过于人，歌泣无端字字真"，常会不自觉想起。有一点要说明，在我理解中，上句写"少年哀乐过于人"，恐怕并非龚定庵或哪位诗人独有的经验，而下句说的"歌泣无端"，更是每个多愁善感的年轻人皆如此的。

这些旧作约略皆在二十到二十五岁之间，也就是从大二大三到其后念外文所，在台大文学院当一名小助教，执编《中外文学》阶段，到一九八〇年匆匆离岛前，快笔挥就而成。当年我几乎无日不诗，随身带着小笔记本，随时随地在其上涂涂抹抹，在校园里，在公交车上，甚至在大马路边，都会有灵感生起。离岛打开了视野与创作的眼界，最早的那份诗的情怀证明越不了大洋，二十五岁，我后来才懂，乃是少年诗人最敏感，刻意，把自我的气球一味撑到最大，复从中瞬间爆裂的分水岭。

二〇一六年初夏，我出了诗集《新诗十九首》，算是对这么些年来的人生感慨做了点总结。从《蔷薇学派的诞生》到《新诗十九首》，一个人的大半辈子就这般过去了！回头想到重印旧作，固然是重演一出"青春悲喜剧"，但也堪称喜事一桩，显示个人有幸在时间的恩宠下，义无反顾，正坚定朝向某种人生的下半场，甚至是延长赛的那番深一层领悟迈进。

梦中我仍见得到，那条流过校门外的河，还有，就我一人知道的，隐现在河面，在天空上的树洞，那座歌声的树洞。树洞中有我当年游荡其间，整座大城的倒影，就只是倒影吧，因为树洞中的一切其实都是我梦中的发明。

* * *

在某一层次上，我并未真正活在二十世纪七十年代，那座叫台北的大城（台北日常）；也因这样，遂得以诗歌见证另一座看不见的城市（台北非常），写出《在台北》这样的散文诗。一个读了太多鲁迅，太多芥川、陈映真的苦闷文青，他常常在白昼亮晃晃的马路上找女神，同时又将自己放逐荒野，天天摆张惨兮兮的脸，在内心喃喃，只有自己听得到的独白，所谓"知我者谓我心忧，不知我者谓我何求"！

一九七七年中，我曾收到一张盗版黑胶唱片，那是当年英国最酷的中古摇滚乐团杰思罗·塔尔的新专辑，来自那位我始终手都没碰过的女孩。但在那之前，我已对中古世纪欧洲骑士文学十四行诗着迷，为了回报女孩的馈赠，我写了《暴力与音乐的赋格》一诗。现在回头看来，那是一首从《蔷薇学派的诞生》到《仿佛在君父的城邦》的跨越之作，宣告我已从稍早偏甜的绿骑士风走向苦涩万分的蓝骑士时代。

年轻诗人的"hubris"（或所谓"悲剧缺陷"），常就在他过度旺盛、强大的心魔，可说成也是它，败也是它。一开始，当我在树洞中学会歌唱，爱的失落及获得一直是最重要的命题，"玛丽安"这带有浓浓异国风的名字，既是性灵的代号，也是一种母亲幻想，声音幻想。

玛丽安是假，也是真，是内，也是外，既是歌声的树洞，也是诗的传奇本身，大至集体的国族命运，小至个体的悲欢离合，我都可以时时在诗中向玛丽安持咒祝祷。但当青春的梦想变得愈来愈激进、孤独，且充满了焦虑——从蓝骑士往铁甲武士不断倾斜——玛丽安再也救不了我。若干年后，我也不得不因此，告别玛丽安，我那永不再的树洞传奇。

青春哦青春！像那满天蝉鸣，我一度听见它的歌唱，至今也仍回响在心底。

告别最喜欢的那家书店

傅月庵 *

楼上并不很大，四壁是书架，中间好些长桌上摊着新到的书，任凭客人自由翻阅，有时站在角落里书架背后查上半天书也没人注意，选了一两本书要结账时还找不到人，须得高声叫伙计来……这种不大监视客人的态度是一种愉快的事，后来改筑以后自然也还是一样，不过我回想起来时总是旧店的背景罢了。

周作人《东京的书店》，讲的是一九〇六年前后的丸善书店，不知怎的，总让我想起我最喜欢的那家书店。

但其实，论规模、空间、书籍数量，两者根本没办法比，时间更相差了整整一百年。唯一相似的，大概就是"楼上"两字，以及"不大监视客人的态度"，还有甚至可说是冷淡的氛围了。

台北郊区的这家书店，我一年去不到几回，至多恐也就是三五次。唯独年年清明节扫完墓顺路，几乎都会过河堤去看看，报效些微书款。去时，从头到尾也几乎有一标准流程：上楼，跟

---

* 著有《生涯一蠹鱼》等。

店主人打招呼，沿书壁打转抓书，结账点咖啡，找位置坐下翻读，几十分钟乃至一个钟头后起身告辞。

这几日，为了写这文章，我一直思索，不过就是买几本书，同样的流程，台北城内城外怕不有十来家书店可搞定，为何我独独钟情于此，且总是忍着不买明明很动心的新书，累积几本之后，方才花费来回至少半天的时间，去消费这仅仅个把个钟头？简直太没有效率了，不是吗？

这或许跟"理想的书店"有关吧。

理想，或说梦想，都很个人，无非相对不易实现的主观意志耳。所以谈起一家理想的书店，十个人可能有十一种看法——有一人不止一种。有人希望不受干扰，安静地挑书，最怕店家过来推荐这推荐那，甚至有"也可以用租的"这样怪异的提议；有人却责难店员不亲切，一脸冷漠，专业知识不足，不能跟客人聊聊书。更有嫌书少，没得挑；嫌书店太大，人太多……都说个性决定命运，这命运当也包括一爿理想的书店才是。

书店是买书的地方，买到书一切理应完结，于我却不仅于此。书是逃避现实人生，借用他人人生的空间，书店即此入口之始，买书遂具有某种仪式性质，也自有一种庄重。别的不说，至少得安静明亮，让人得以凝神推门，排闷而入。图书馆必须安静，因为所有人正耽溺另一个人生空间，不应也不可打扰。书店自也应该如此，倘若不够安静，甚至光线阴暗，万一入错门，借错了"人生"该怎么办呢？"安静"是理想书店的第一要件，个人很主观的偏见。当然，安静并非绝无声息，适当的音乐，自可发挥"鸟鸣山更幽"的作用。但应该何种音乐？那也是一门学问，热门摇滚必然不适合，常见为古典音乐，但按照不同时段杂以爵士、蓝调，轻声低放，亦自有一种趣味。

我喜欢的那家书店，有无音乐？我竟已忘了，可以确定的却是惯常静谧。静谧原因有几：生意不算好，有时一整个下午也没一个客人，主人却也不着急，随顺而行；客人太喧哗，店主人会出面制止，甚至摆臭脸以待；主人当也爱静，常自低头看书或计算器，除非你开口，不太搭理客人。归根究底，主人性格即是书店性格，气味相投方才会喜欢，我与此店因缘由此而来。

据云男女主人颇有些怪癖。譬如媒体时代里，各行各业莫不以"被报道"为荣，大街小巷饮食店张拉"感谢某某电视台某某节目报道"大红条幅即可证。昔时"有拜有保庇"，今日早改为"有报道有客人"。此店明亮静谧，风景这边独好，背后更有满满一箩筐故事，入围参选"台湾最美丽书店"绝无问题，店主人却几乎不接受采访，也非贡高我慢，而是索然无味，断然喊停："初时也接受访问，报道一篇，闹热数日，却多半不是爱书人，来打卡来拍照来东翻西看，就是不买一本书，遑论好好读一读。店小人多嘈杂，妨碍了真想买书读书的客人，想想多一事不如少一事的好。"主人深明大义，看得远，守得稳。想不喜欢都不行。

女主人另一怪癖，爱猫恐更胜于爱人（男主人或例外）。自于河边开成书店，便开始照顾本地街猫，从无到有，从少到多。

何处有食？猫自会传播，数年之间，"吃好叮相报"，猫口激增，女主人不仅给食给水，救死扶伤，登记编号，更予结扎。看到她对待猫儿的温柔照拂，处理爱猫捐款的一丝不苟，实在很难想象她所自称"臭脸老板娘""因为看不惯一个客人老是在书店四处与女顾客谈话，而他满口的文学意见都是陈腔滥调，让我愈来愈不耐烦，有天竟愤而把他赶出书店外！当时在场的一位年轻人被我吓到，以后再也不来了。"

> 有一个书店，紧临着河岸边
> 我为它，守候着时间
> 守候每个季节的水鸟
> 守候泥穴里沉睡的蟹
> 我时时勤拂拭，偶尔也纵容
> 比如说，一只墙脚上困着的蜘蛛
> 一片遭晚霞烧红的落叶

二〇〇六年开店之初，女主人为书店写下的情诗几行，题名《我想我会甘心过这样的日子》。十年于兹，有河有书有猫有山有欢乐有艰苦有日子缓缓流过，"是一切美好与快乐的由来"。对主人如此，对客人也是这样。二〇一七年，女主人有恙，遂不得不声明于深秋结束营业，尽管后续有人接手，书店依然，但"你不能两次踏入同一条河流"，遂也只能告别最喜欢的那家书店了。

淡水"有河Book"，二〇〇六至二〇一七，台湾最好的书店，因为坚持，遂得以传承。

肆

生命之声

如果一只猫

宇文正 *

公交车上，坐我身旁的大叔不停地抓、抓、抓，抓他的手臂。我感到烦躁，最近事多易烦，我合上书本，闭目养神，想象身旁是一只猫，正愉快抓它的猫抓板，心浪慢慢地静了。

我的平静没维持多久，忽然心思又起，觉得自己有点糟，说不定这位先生正因皮肤疾病受苦，我却在心里揶揄他。我自己是不介意的，但大部分人并不喜欢和猫狗相提并论。

何况我是深深懂得痒的。不久前，我因奔跑过马路摔跤，膝盖受了伤。从痛，到了痒，那是伤痕的另一阶段生命。我对痒奇怕无比，不必碰触身体，只要做出呵痒状，立刻能笑到抽搐，有时甚至逼出眼泪，常让与我玩闹者尴尬不知如何收场，分明是逗我笑，却把人给逗哭了。我知道自己绝无可能成为谍报工作者，根本不需严刑，呵痒就能逼供，马上知无不言，言无不尽。

痒是真的可怕。金庸小说里被视为最厉害的暗器，不是五

---

* 本名郑瑜雯，美国南加大东亚所硕士。著有《庖厨食光》等。

毒教主的含沙射影，不是李莫愁的冰魄银针，是天山童姥的生死符。生死符无毒，不会要人命，却让人剧痒难当，求生不得求死不能，不得不受制于人，故名生死符。被植入生死符者须定期服用"镇痒丸"，否则麻痒欲断魂。杀人容易制人难，因此生死符被视为天下第一等暗器。我深深怀疑金庸先生也是惧痒之人，才写得出这样的暗器。

那段时间我的膝盖中了"生死符"，去买3M防水透气绷贴起来，不仅为了方便沐浴，其实医生说不要包扎反而好得快，但在疼痛阶段，我听他的，在剧痒阶段，千防万防，莫如防我自己这只手要紧！隔布搔痒，或压或按，总算可保全伤口，不被这贱手荼毒。

这位大叔的痒，是皮肤病？还是如我伤口之痒？又或者根本是心理过敏？我年轻时遇过某大师说要教我一门功夫，先学盘腿，五心向上，眼观鼻，鼻观心，我闭目不到两分钟就站起来。"怎么了？脚不舒服吗？"我说："会痒！"

连买衣服，今夏流行短袖袖口系个飘飘欲飞的蝴蝶结。店员怂恿我："你穿一定好看。"试穿出来，店员大赞："就知道适合你。"我说："可是蝴蝶结碰到手臂会痒怎么办？"她愣了一下，大概没有顾客问过她这种问题，她说："痒的时候就抓一下啊。"

痒亦是种心病。心痒最难治。某日逛街时跟先生说，我听说，有些男人陪老婆逛百货公司的时候会把老婆的手牵得紧紧的。先生嘿嘿嘿："牵得紧紧没有用，要把眼睛蒙起来才行！"他深知只要女人的视线与猎物一对上，便觉心痒。口袋里的"镇痒丸"须派上用场。

还有种心病是"技痒"。"忍痛易，忍痒难"，苏东坡说的。他还写过好几首"忍痒难"之诗。在他反对新法、以诗贾祸之后，亲友纷纷劝他"戒诗"，他也真戒了五年，直到老朋友孙莘老寄来一块好墨。这太骚动人心啦，东坡先生磨了墨，诗心滔滔，技痒难忍，挥笔写诗，说自己忍耐了五年，这块墨啊，让他"快痒如爬疥"，必须大书特书，直到"诗成一自笑，故疾逢虾蟹"，想作诗想到犹如疥疮上头有虾蟹漫步，《孙莘老寄墨》诗一写写了四首。哎，这一纵笔，大诗人再度被贬，贬到了天涯海角的海南岛儋州。

而我身旁这位大叔究竟是哪一层次的痒呢？我悄悄留意他抓痒的方式，几乎维持每回抓四下，休息一拍的节奏，一直抓到我下车都未曾停止，那应该是真的很痒很痒吧。

下车前，我回头朝车厢最后一排瞄一眼，抓痒大叔眉头皱得很深，痒到深处，在眉心折成一根深长的悬针纹。我正要去诚品，与某作家碰头。想起不久前，同样的路线，我到银行存支票，之后搭公交车前往市府站。下车刷卡时，司机先生挖苦了一句："小姐啊，只有两站你也要乘车，走走路吧。"我可以默默下车的，这段时间真的修养特差，我忍不住回头向他抗议："先生我脚受伤了，多走路膝盖伤口会裂开，要验伤吗？"他吓一跳，赶紧道歉，说他不是故意的，"因为现在女孩子一步路都不肯走……"我心想你开你的车，管人家走不走路呢……我还是闭嘴了。

　　我在脸书上写下了这件小事，并且模仿励志作家发表了感人的深切反省："在事物的表象之下，总有我们看不见的内里。我们却那么急着对人评断。"

　　然而，我的"脸友"们，那些熟到好像天天开门喊声早啊，你好啊，没事还会端菜分水果的脸书左邻右舍们，总能看透我的心思，一个个在留言里指出了司机先生话语中的关键词：女孩子。好吧，我承认，这三字完全搔到痒处，听到"女孩子"三个字，我立刻就原谅他了。

今夜大雪纷飞

江逸踪 *

　　也许是因为一根雪茄可以抽上两小时，雪茄酒吧里的时间显得缓慢。灯光昏黄，爵士乐轻快，这里的人抽雪茄时，仿佛打禅。烟丝亮起暗下，嘴里像啜着什么，然后抬头缓缓吹出云雾。云雾散开，混入夜色里，越晚时间越慢，只有音乐依旧轻快，与偶然从窗外走过的行人同调。

　　第一次来雪茄吧，是Y带我来的，他说在他离开台北前一定要带我去抽雪茄。原本我不懂为何他喝酒一定要抽雪茄，直到那天，看他轻轻抖落雪茄上的烟灰，像细雪在空中飞舞，才明白原来抽雪茄并不是寻求感官刺激，而是像Y的人生，反复啜着生命脱离常轨的气味。这些气味一直盘绕在酒吧，渗入衣服，我们指尖弹落的烟灰，是一堆堆雪。若雪有气味，大概是烟草混着焦油的味道。

　　Y是我高中同学，男校学生大多放荡不羁，他更是个中翘楚。我自小被父母严格管教，日子是一个个无形的方框，生活在安排

────────────

* 本名江毅中，散文曾获台中文学奖首奖。

好的课表中。第一次见到Y时，他穿着满是皱褶的白色制服衬衫，蓬头垢面，像是刚从昨夜狂欢后的宿醉醒来。起初，我还分不清楚堕落与放荡的差别，与他逐渐熟识后，才知道什么叫活着。堕落是陷溺，放荡是自由。Y是穿梭于世界的表层与本质的自由之人，并愿意与我分享他的自由。

Y说酒馆是交换灵魂的场所，许多人在此真正清醒，也有许多人在此流离失所。但雪茄吧里的人很少喝得烂醉。抽雪茄很需要技巧，否则雪茄一熄，气味便苦。Y抽雪茄时保持着自在的节奏，我的雪茄熄了又点点了又熄。他教我，试着把酒和烟草的香气混合，就能徘徊在意识和无意识之间。

高中时，Y教我怎么过高中生活，但一开始我不懂Y，更不懂生活。我和Y一起坐车上学，他从不迟到，每天到校门前我们都会爬段斜斜的长坡，长坡左侧是红砖斜瓦的老旧房屋，右侧是绿树掩着的围墙，围墙后是长长的校舍。Y在学校或睡觉或看课外书，鲜少认真听课。一个高中生读的不是教科书，而是马克思的《资本论》或是张仲景的《伤寒杂病论》，有时也读康德的《纯粹理性批判》。高中的他显然没办法读懂，与其说他在阅读，不如说是在欣赏奇书。他倒不是多厌恶课本的知识，或是像我视考试为大敌，他只是觉得课本的编排太琐碎，读来索然无味。

高中是最纯粹的时光。因为青春，我们始脱离年少的懵懂，又尚未进入杂驳的成年。每个人都有自己的纯粹。有人积极追逐着想象的未来，日夜埋首试卷。有人随着钟声载浮载沉，游走迟

疑。Y则建构了一个颠扑不破的理想世界，他在里面指天画地，吞
吐风云。那时教室没有冷气，夏日午休，教室闷热难耐，大家都
挥汗如雨无法入睡。Y会敞开衣服露出黑色背心，跷起二郎腿猛力
挥舞着扇子，众人宛如魏晋名士，围绕着Y，或坐或卧，开始谈天
说地。当时所有奇特的发想都来自Y，他让不同人的专长在班上得
以发挥，我们成立诗社，组马克思读书会和慢跑团，他也要我教
大家学武术。有时我们讨论学校不合理的制度，一群青春狂飙的
少年，谈着谈着就联合写信给有关部门，Y因此常被学校叫去训
话。跟着Y，起初只为好玩，是苦闷生活中的一点乐趣，但我生活
中的方框却渐渐松动了，Y似乎在我平稳的心田里，埋下了什么奇
树的种子，日复一日抽芽增长。我开始对某些有明确答案的问题
或既定不变的规划感到不耐。

　　高中的时间很慢，慢到我以为昨日仍走在上学途中，看着走
在前面的Y，七点半，太阳不甚高，光束穿过叶隙一道道掠过Y的
肩头。至今我闭眼，仍有Y背影的视觉残像。或许，我和Y就是依
靠着那时的记忆活到现在。我们都不想成为丑陋的大人，所以在
高中毕业前，努力挣脱所有功利的想法，告诉未来的自己该如何
而活。那时候我们都还没意识到未来的难关，我们以为的理想，
其实是置身事外的单纯。我和Y都还不知道，十六七岁的轻盈维持
不了多久，时间会逼我们面对现实。现在想想，就是高中时的纯
粹，使得我们后来走向难以自处的险坡。

　　雪茄吧那夜，Y跟我介绍雪茄的由来，据说"雪茄"是徐志摩
音译，也取其灰白如雪。他笑着说，他想到"白雪纷纷何所似，

应似烟草落成灰"。我也跟着笑了。但关于雪，那时我想到的却是韩愈在贬谪时仓皇写下的"云横秦岭家何在？雪拥蓝关马不前"。

毕业后，高中同学大多到北部念书，我则考上高雄的学校。Y跑去重考班，蛰伏一年后也到台北读法律系。高雄的太阳永恒照耀，台北都是淅淅沥沥的阴雨。离开高中生活圈，我不知该如何生活，既无法像Y那样独自开天辟地，也不甘回到肤浅的表层体制。到高雄，觉得大学里醉生梦死的同学都是无趣之人，我只能不断延长高中的记忆；偶尔和北部同学联络，对他们的生活无比欣羡。Y仍旧是同学的领头，他们到处听演讲看展览，跨系跨校旁听大师的课，也上山下海出游，甚至推动社会运动。我则封闭自己，孤单忍耐地生活。

像是要制造梦，酒吧里所有东西都是朦胧的。吧台后整墙的酒瓶五彩缤纷，在灯下闪烁着奇异光芒。每瓶酒的年份材料与工法各异，我想，若每瓶酒都符合酿酒者梦的气味，酒保则用这些酒做基底，调成无数的梦。选酒的人以梦找梦，若不了解酒，那么在酒吧选酒极易失去距离感。来到酒吧，蜕去用以活在世界的躯体，向酒保索取通往潜意识的琼浆玉液，嗫嚅着白日不敢倾诉的迷梦。雪茄吧里人们吞云吐雾，更在梦里重重堆烟，雪落无声。我似乎退到比梦远的地方，但Y还在梦里。

Y在我眼中是自足的完人，他总能把自己的生命弹放到极远之处，然后轻易收摄。大学时我们甚少见面，我只能怀想着高中，作为大学生活的摹本。但我知道Y是不断变动的，我努力追着他的脚步，却总在以为靠近时，他又倏然远逝，到另一个更高的境界。有一次我到Y的外宿之处，那时他是学校的调酒社社长，宿舍地上放了许多高高低低的酒瓶。他也射箭，玩壁球，练拳击。每次见面都是我听他口沫横飞地讲着纵横上下的故事，我羡慕着他对生活的无畏，也知道自己是追不上他的了。我一直觉得，世道的险阻对玩世不恭的Y来说，只是小磕小绊，他是有垂天云翼的大鹏，迟早上击九霄。

Y想当律师，但和高中一样，他从来不在意毕业后的司法考试。他认为准备考试必须过着极其规律的生活，放荡的日子如流水无涯，一边准备考试一边过着自己想要的日子，这是悖论。和Y不同的是，我总担心未来，大二我就开始准备教师甄选，自以为有计划地延迟梦想。我知道自己没有Y的才华胆识，为了和他能在遥远的未来相见，我必须先解除现实生活的桎梏。我直观认为，要挣脱牢笼，自己必须先进牢笼。

准备考试是一段让自己面目模糊的晦暗时光，这时光竟然悠悠延伸了四年。固定的读书时间，固定的饮食运动，反复翻找着考古题的答案，反复想着未来生活的样貌。假日把背包塞满，走在空荡荡的校园，到图书馆找个栖身的角落，能听到的都是窸窣的翻书声。读至闭馆时冷气的低频声顿止，灯一盏盏暗去，图书馆像塌陷到更深的寂静里。回到宿舍，翻几页文学作品，关灯就寝，一夜无梦。这些日子看似完整，实则琐碎，整天阅读，实则未曾阅读。用零散的知识，游荡的身体，企图交换安稳的未来。

毕业后果真考上外县市的教职，像在人群中推推挤挤，终于登上预定的班车。离开家乡教书，我从此往返两地，在火车上看着月台远逝，高中时的Y渐渐成了单纯的名字。

Y读书毫无目的，他学习不为考试，也不为炫耀知识，只是为了学习本身。他相信以他对法学的钻研，在考试上他能举重若轻。然而，Y毕业当年没考上，重考一年还是没考上。就这样前前后后考了六年，接连失利。前年他痛下决心，搬离永和的公寓，窝藏在南阳街的小套房，楼下就是补习班。我很难想象追求理想的Y，要如何断舍原本的生活。为了跨越考试这道鸿沟，他没入台北车站的人流中，那里房子老旧，交通堵塞，在补习街排队搭电梯进教室，像争食的鱼群，像大学时的我。我也去过他的套房，没有酒瓶没有他以前各种兴趣的痕迹，架上都是考试用书，堆到床上。我注意到有几本课外书夹在其中，应是他在这苦闷日子里的氧气筒，或是，他也曾在极其疲惫时，用这几本书，回到窗外有老树绿荫的高中教室。

抽雪茄不像抽烟会把烟吸入肺部，只是让烟在口中流连。也许是这样，抽雪茄比较不会成瘾。Y很少抽烟，大多都抽雪茄。起初我以为这类的刺激物，其妙处就是在满足成瘾后的快感，若不成瘾，那和吃美食有何不同？Y说抽雪茄的成瘾是来自上一口的口腔刺麻感，是主动性的成瘾，而不是被动性的。雪茄不融入血液，若和香烟比，香烟是去而不返的沉溺，雪茄则来去自如；或许也可以说，因为自己主动成瘾，所以是更无可救药的沉溺。

　　是啊，路都是自己选的，那么，是什么原因让我们各自选上自己的路而不能自拔？高中时单纯的想法，在记忆的光谱中一直如此鲜艳明亮。Y用高中的方式活到现在，我则是想成为他那样的人。但年过三十，我们都无法成为自己想要的样子。

　　后来我到北部教书，那两年正是Y准备考试最煎熬的日子。北部是我们年轻时约好大展身手之地，以前我害怕跟不上Y，而今我到了，他却回退到我努力挣扎出的困境。那时我曾暗自怨怼Y不好好规划生活，延迟享乐，也对他理想与现实不分的想法有些质疑。Y考试那几年，我带着职场新鲜人的热血，试着改变教育环境，却在职场饱受攻击。我虽不轻易言败，可是奋力突围几次后，才知道我没有足够的能力改变什么，有些现况在改变之前会先把自己消耗殆尽。身为教师，我没办法像高中时的Y，给学生无限宽广的世界。有时在课堂之间，看着学生在面前嬉笑玩耍，他们青春明亮的制服竟令我触目惊心。很多次我想辞职，破釜沉舟重新累积实力，但过往的努力与现在稳定的收入，让萌生的勇气转瞬退却。印证了Y的悖论，从高中到现在我仍然摆脱不了琐碎，安逸活在枯槁的世界，自我矛盾。

　　去年年初台湾第一次平地降雪，有些不下雪的山区，竟然一片白雪皑皑。雪花落下的那刻极不真实，细碎的雪花漫天飞舞，一碰地便融成水滴。还记得那天严寒彻骨，Y说今日正适合喝酒驱寒。到了雪茄吧，Y告诉我这是他最后一年考试，若再没考上，就要回老家工作。我知道Y并不害怕考试，但他已经不想再委屈自己了。Y并没说不当律师他要做什么，我相信他在很多行业都能大放异彩，只是现在回想起雪茄吧那夜，雪茄快抽完时越来越苦，酒喝到三分，在身暖微醺时我们摁熄雪茄，走在记忆中最冷的台北东区，像随时都会下起大雪。我们在捷运站分别，Y搭着手扶梯下降，背影消失在散成色块的涌动人群中。那是我最后一次与Y在台北见面，迷离在现实梦幻。

年轻时我们都期待下雪，没料到一下就是大雪纷飞。陶渊明说人生实难，于今方知难的并不是如何应付生活，而是用自己的方式活着。Y给了我对世界的憧憬，但不能给我勇气，他有能力改变世界，却被体制阻隔在外。Y去年仍没考上律师，他搬离台北后我们鲜少联络，我遂被搁置在高中时的约定。走到青春的尽头，我还是追不上他的决然，他的自由。

今夜我在雪茄吧里喝酒，雪茄点点熄熄，对面没有人，灰烬抖落如雪。

少男系女孩

杨隶亚 *

　　那是已经停播的一个综艺节目，每周末晚间播出，本土综艺天王吴宗宪担任主持人，搭配大、小S或其他女星，编写节目的企划人员构思了一个异常有趣的猜谜单元。

　　"你猜你猜你猜猜猜。"

　　从白色烟雾窜出一阵口号："人不可貌相，海水不可斗量。"

　　外形中性、俊秀的五个"少男"里，其实只有一个是真正的男儿身，其余皆为货真价实的女孩。

　　她们被称作"少男系女孩"。

　　网络的在线翻译字典，解释了类似的名词，输入"Tomboy"便会出现一句说明："男孩似的顽皮姑娘。"还用英文造了短句例子：Mary has always been a tomboy. She likes hiking and

_____

　　* 著有散文集《女子汉》。曾获"林荣三文学奖散文首奖"等。

horseback riding. （玛莉一直很男子气，她喜欢远足和骑马。）

自欧美国家流传来的Tomboy说法，含义广泛，这种如同小男孩般，又同时具备清新气质的女孩，倘若要从明星偶像里举出个案，比起相对男性化的林良乐、潘美辰，其实应该更接近孙燕姿、范晓萱、梁咏琪和桂纶镁。

在审美观几乎一致的传统年代，不管是玉女还是欲女，从矜持害羞到热情四射，女性美的标准始终不在人们心里，而是在电视广告和摩托车后的挡泥板上。大大的眼睛、乌黑长发、白皙皮肤，在镜头前跑起来"你是风儿我是沙"的，现实世界也帮男生的摩托车挡泥土，可谓最佳贤内助。

属于少男系女孩的时代，实在来得较晚。

大约是二〇〇〇年前后，"挡泥板"美女们嫁做人妇或人间蒸发。

范晓萱剪去长发，平头造型现身，孙燕姿、桂纶镁纷纷用清汤挂面的学生妹发型掳获粉丝的心。

地表上的板块移动，聚合离散不断发生。性别意识随着气候变化起伏流动，不只在初春时破冰融解，还要变成一盘草莓巧克力雪花冰，在夏天融化人们的心。

站在蓝色大门前，可以男歌女唱或女歌男唱。

孟克柔*虽然还是比较喜欢运动裤，胜过制服裙，可是每一场城市里的脚踏车追逐赛，她仍旧不改白衬衫制服裙的搭配。倒不是为了怕被教官记过，或许更大的可能性是?

她也不知道。

脚踏车的轮子转着转着，连用三段变速，一路超车追赶，她多么努力想将张士豪抛在身后，却无法抵达终点。如同走在大富翁纸上游戏的街道，掷出骰子、往前走几步，小心翼翼翻开命运、机会的纸牌，得到的却是另一个问号。

秘密。

拒绝百分之百男装或女装的孟克柔，继续在游戏里掷骰子，只因为不肯向命运低头屈服。

"我是女生，我爱男生。"她在体育馆二楼最隐秘的墙柱角落，用铅笔反复写下一次次的疑惑压抑。

那年电影散场时，我仍穿着高中制服坐在观影席，双腿却隐约有些发麻颤抖。坐下的时候，制服裙长度在膝盖以上，由街上

---

* 易智言导演的《蓝色大门》的女主角，由桂纶镁饰演。

的老师傅改短，黑色百褶裙，一折又一折，层层叠叠，藏着爆米花的碎屑。

师傅修改的经验极多，并不急着一刀裁去多余的裙长，而是将它收拢缝进裙内里，外观与其他制服短裙无异。

有天你会用得到，不如留下。"谁知道哪天你想穿长一点？哪天又想穿短一点？"

衣服跟人的性格取向，都是善于变化的，无论长长短短，膝盖似乎终究是一道关卡，也像岛屿早期的浊水溪，以北、以南，跨不过去并非道路中断，更可能是思维打结或各自坚持。

从观影席站立起来，制服裙长度将膝盖覆盖，落在最尴尬的位置。

长裙显得优雅，短裙显得俏丽。而我两种都不是。

台北城里，实在想象不到哪一条路段能够如此畅快地骑着脚踏车，剧情里出现的518路公交车，起点是麦帅新城，终点站是圆环，从内湖国宅一路开到大稻埕码头口。如今每年七夕都是河岸音乐季，男男女女在码头旁或站或坐，欣赏独立乐团唱歌跳舞还有烟火秀，如电影里孟克柔和张士豪的约会。

海边的浪在起伏拍打，沙滩上的乐团唱得卖力激昂，那些随着民主与解严袭来的一波波摇滚乐团浪潮，被自由渴望带到了岸上，又随更多欲望被带回海里。

浪来浪去，性别的界限又被推移得更边缘更模糊。

电影里一九七六乐团原班人马早已解散，我也上了大学。营火总在入夜后开始燃烧，为各自的联谊露营，增添更多亲密温暖。众人围成圆圈，收音机传出舞会歌曲《第一支舞》。

带着笑容　你走向我　做个邀请的动作
我不知道应该说什么　只觉双脚在发抖

男生站圈外，女生站圈内。

我想起张士豪跟孟克柔，或者张士豪跟林月珍的约会。

营火还在舞台中间发烫，为夜里渐寒的空气增添温度，所有人都穿着同色的上衣或牛仔裤，终于没有制服裤，也没有制服裙的选项烦恼。

真是太好了，我心里这么想着。
站在圈外的男生窃喜，站在圈内的女生害羞低头。

呵呵呵呵。
嘻嘻嘻嘻。

观望着并退后了几步，我还是不知道该站在圈外或圈内。

我想起中学时期，永远考不及格的数学考卷，缠绕着我的集合单元，排列组合题目总喜欢如此发问，在A等于B、A等于C的条件下，请问B是否等于C？

"同学，请问你想站圈外还是圈内？"

关于排列组合，我也不知道答案。

营火让脸庞与手臂感到发烫，许多同学们脸上也有了红润的色彩。他们手牵着手转圈圈，嘴角上扬，踩着幸福的节奏。

那一刻，我忽然想起，电影里从来没有演出林月珍跟孟克柔的约会，孟克柔是戴上张士豪的脸孔面具和对方约会的。

我也有属于自己的歌曲，或许不是《第一支舞》，而是《蓝色大门》里的《小步舞曲》。

主持人站在营火旁表示，最后一次的舞曲即将播毕，请站在圈外的男同学们把握机会。无论圈外或圈内的同学们，加快了速度，有些人焦急地想赶紧结束，有些人舍不得放手。

原来爱与不爱都是本能。

"同学，你到底要站在圈外还是圈内啊？"

"少男系女孩"站在A与B的交集，哪儿都去不了，也不去了。

何时才有人发明圈内人与圈内人的第一支舞呢？

你猜你猜你猜猜猜。

只手之声

姚秀山 *

时间来到了凌晨，哭声又从防火巷缓缓传来。

它像将线穿过织理，继而猛然突刺，不意在指腹扎出了血。夜晚像廉价批发的布料。我们谨小慎微，藏好了线头，一次次替它收边、打褶。若是多长了心眼，去翻看了，便能见到针尖在幽冥里透出的锋芒。

入住新居某一夜，我和妻便听到女人的哭声。听上去，声音像是从邻栋大楼上方的某一户传来。开始时，我一度还误以为是流浪猫嘤叫。细细忖听才辨出了声里人类独有的哀矜口吻。

妻说她害怕这哭声，叫得太凄厉了，让人打从心底发寒。是家暴？还是这女人彻底疯了？我们反复地臆测，横竖我们得不到解答。

---

　* 自由编辑、文字工作者。曾获时报文学奖、"梁实秋文学奖""创世纪诗奖"等。出版诗集《杜斯妥也夫柯基：人类与动物的情感表达》、诗文集《寮情问题》。

我们的居处不像希区柯克的《后窗》有个天井庭院，可以纵览彼岸楼屋的背面，窥看其他建筑物的视域剩余。我们所在的空间，窗里窗外都无广角的视野，任何人的背面都被藏匿起来。这座城市，谁跟谁的距离都像是规划好的。每日，人人安全无伤损地浮泛在水面上，谁也不能真正明白谁水面下的身世与境遇。

此区真是寸土必争的闹区地段吧。

我反复探向窗外，仰望铁色的石棉遮雨棚，依旧不辨声音的源头，没能觅到任何线索。

后来哭声愈发凄厉了。撕心裂肺地往建筑物的墙堵上喊，往深渊般的暗夜里掷，往另一个寻常的白昼上窜。

牛毛细雨中我们听着，瓢泼大雨下我们听着，台风夜听着，空调引擎战栗的工作声也听着，时而伴着邻户的婆媳争嚷，时而佐以家庭卡拉OK的悠扬回响。

那可不是什么鸡零狗碎的小事，妻忧然道。不像纯粹的肉身痛楚。皮肉之苦若是如此长久地维系，早该送进医院。也不像精神上的磨难，一个女人要能这么逐日地煎熬，怎还能不烧干见底了呢？

我们夫妻俩慢慢习惯睡前听着它入眠，像勾兑了水同饮一杯烈酒，或是一人配给一片安眠药。夫妻同睡一张床榻，分享同一

个悬疑。黑暗中，两人的谈话声渐落，梦境开展前，画面犹是黑
幕，女人的声音便像幽远的画外配乐慢慢地淡入。

它很像一个不容置疑的勾引。让人备好了进入一则眠梦的短
章，恐怕它是一则甜蜜故事，也恐怕它是一场惊涛骇浪。这哭声
似乎淡化了我们的现实感。它要消解我们听觉以外的其他衰疲的
感官。偶尔在暗里悠惚转醒，为了挣脱虚妄的梦境，又让它作为
现实之维的有效佐证。

我们的睡眠经常是浅短的，入睡前与觉醒后，只女人的哭声
如梭横亘于我们的梦与无梦。它像一条感性的水线，跨过了它以
后，便是彻底冷酷的现世。

它隶属于现实，即便听上去不太真实。

"听见了吗？是我的幻听吗？"妻在问我。

"不是错觉。我也听见了。"我说。

怎么猜也没有答案。女人只是哭，除了哭没有供出其他的
证词。

它很完善地在我们的生活里扮演了抵御无常的防线，像永远
无法赓续到叙事尽头的推理小说，像我与妻闲情之余的小小的日
常猜谜。妻热衷于心证推理，几个夜里听着、猜着，我们都在忙

碌的生活里找到了一张舒适的安乐椅。

下了班，我们一齐购晚餐、吃夜宵。假日则相偕在附近衢巷手勾手溜达。

转出了巷口就是八条通了。这一带日本料理店、酒吧林立，沿家挨户不时传来酒拳伴唱声。

妻拥有十足贪嗔的东洋品味，平日热爱在住家附近晃荡。

出租车像嗅觉灵敏且建立了良好觅食计划的鹰隼，时不时绕道进来载客。几辆车紧挨着单向甬巷愣愣地闯入，像发动一次次巷战。人车在两米宽之间谨慎地闪身挪动。几个西装革履的中年男人，脸上犹存一抹寻欢的笑靥，摇摇晃晃，相互扶持上了出租车后座。

雨夜，车子一辆一辆钻弄探巷，头灯将雨水蒸烧为妖娆的烟气，给对向的行人造就了短暂的视盲。

这是我最钟爱的梦幻时刻。

暂别了尘世，眼前尽是流光溢彩、仙云缭涌。我偕妻慢慢步入光华烁烁的仙宫，里头有二十四小时营业的便利超商，隐秘的黑玻璃后则是制服店，还有科幻金属感的、低亮度的吧台，热雾翻腾的鳗鱼饭，韩式铜盘火锅，汤水蒸腾不休的日式小火锅，昏蒙的烧烤摊，切水果盘，居酒屋，霓虹眨巴眨巴闪不停的市招，挂帘与纸灯笼，脂粉味，洋酒浸泡着食物，混着路旁刺鼻的呕物……热滚滚的好不拥挤。

条通特殊的音质是慢慢沁出来的。它是耳道里残留的灰烬，招来前一夜篝火燃起的哔剥声。它是上一夜残余热度所引发的幻听。

妻常盯着街衢外巷弄内错身而过的这个那个女人，细细地端详。我猜妻是想要找出夜里哭声的主人。她是能自理生活甚至起居出入无碍的吗？是不是遍身瘦瘦，蓄一头长黑发，有一双炯炯的眼睛，神经质而冷峻的高颧骨……

在十一坪大的套房里，我们有个依样搭造的家。有卫浴、小厨房与一张和式餐桌，有洗衣机、衣橱与晒衣窗。它紧挨着凡俗，近似一个凝缩的现世。

我们也会发出声响。有时我们做爱。有时我们沟通，如果遇上彼此的情绪渐渐累积，话语的逻辑层层累进，声响就会慢慢大起来。丢出谩骂时，我们都是上了赌桌的赌徒，愈凶狠愈锋利的语言是面额愈大的筹码。一次次豪赌后，向黑暗的内里唰地燃起了火柴，又迅速任其覆灭。通常，我们的声音很健忘。我们很快就能够言归于好，很轻易便懂得自我否定，或是发现自己的软弱与畏惧。

不健忘怎能续活呢?

声音有时是倾向抑制的。抑制对方的声音,同时抑制自己的不安。它们欠缺毅力,几乎都是一次性的。但恶毒的话却不是。恶毒的话不能回收,只得掩埋。

逐日,我们重复喂哺对方好的、不好的话,那些话与背后的动机几乎是失忆的。像一次次出门发现落了东西又折返。我们生活何其限缩啊。上班的动线,购物的动线,觅食的动线,每日该要走的回路都像配给好的。逐日行进,风景依旧,渐渐便倾向了宿命论。活着,像隔着一层白翳般不清醒,或是不知如何才能清醒。

我们的声音也经常是没有目的性的。它们只是一份讲述的需求,不必然是为了达成什么。

有时我恍惚觉得,我与妻仍维系着共同的生活,不过是因为两人恰好一起困陷在共同营造出来的同一个声场之中。一切只是习惯。

毕竟一个巴掌是拍不响的。

入睡以后,有时我嗫着梦话,妻被扰醒了便被迫去听它们。妻说,那些梦话往往含糊,难于理清。我究竟都说了些什么?那些妻不能听明白的,是我清醒后已然忘记的。

有时反过来，换成了妻做噩梦，我若还醒着便轻声慰言，或干脆直接将艰辛挣扎、哭喊不停的妻摇醒。她愤懑地拧着眉头，用饧涩的声腔给我讲述梦里的恐怖境遇。我很清楚，她口中种种暗晦的情节并非一条现实的边界就能顺利防堵。现实更像它们的母亲。

人又为何需要哭喊出声呢？

很多时候，悲伤当然是一种余裕的展示。

我大概不是真的明白眼泪是怎么回事？哭又是怎么回事？哭与哀矜，难道只是对位工整的能指与所指？像《霸王别姬》里程蝶衣那样掘心般地哭喊？像《新桥恋人》里爱到痴狂的男人因幻灭而生的自残哭喊？或是像《忧郁贝蒂》里始终站在不稳定的边缘暴虐撒野地哭喊？对比现实，它们算是审视哀矜的有效经验吗？一次次在戏剧框架的保护下，我看着电影里一张张脸因哭泣而扭动；看着人的悲伤被圆满地再现出来，只觉浑然自在。

哭泣根本上就是一种戏剧演出？给自己看，给外人看？

几次发生争执，见妻莫名流下了眼泪，或是骤然开始啜泣，我便心软又懊悔。妻哭泣时会说："你就是不懂，你就只会讲你的那套道理。"

妻哭丧着脸像一条拧紧的脸巾。我得努力把它摊平，把它洗干净。

晚了，吵到邻居不好。安静下来，别哭了。我把声音放软这么对妻说。

或许我们都太年轻。我们还拥有争执与谩骂的热情。可能是一种生来的禀赋，可能是一种纵惯自己盲目的挥霍习性。爱与恨的血液蒸腾煮沸了，还能浮漾着泛白的水沫。

相较之下，或许我更欣羡默片里的无声的哀伤。

喜剧是风尘，悲剧是在风尘里行路。

生活里，有些哀伤也是无声的。更多哭泣与眼泪都被隐抑下去了，没能找到一个发泄的出口，更多心事则或许根本不足为外人道。许多单独的生活也常闹着哭泣，拥有阴性词根的那一种哭泣。我们必得和自己的哭闹妥善共处，反复交涉。

想及禅宗公案里的"只手之声"。单单只手，如何能造就什么声响？但它就是能。它就是那么吵。

大抵是一些异常敏锐的场合，人情与心思不意相互碰撞的凶险地带，几次下来，慢慢谙熟妥协之道，学会谨慎拿捏分寸，不伤及他人，也不让谁来折磨自己，遂悄悄地将阴性的词根掩在自己上面。让它保护自己。像高纬度国家的房顶，考虑不同降雪量而有不同的角度的变造。

我们居住的城市遍布石棉屋顶，丑陋且坚笃，像一枚枚元音的变音符号，善于修补，利于排水，提供了人们许多的安全感。

为了给生活平添一些声响，我们开着电视，放着音乐。一面聆听一面煮食，洗衣，冲澡。

女人也逐日地哭喊，仿佛特意过滤了其他话语，只保留了哭泣的纯度。

纯粹的哭声予人一种原始的肉体感，也提供了一种无法透过语言表述的暧昧性。哭声或许是最奇异的声音。它欲剥开事物的表皮，揭露事物的底邃。哭声不可翻译，无法被转述。学生时代有个老师曾跟我说，你若真以为自己读懂了什么，至少也要能够准确转述它，能准确转述的，才是真的明白的。能转述与不能转述，我大抵还晓得其中的差别。

哭声自有其专断的特质。它标志一个"他人之心"的结界。它是不是也像卡巴拉教旨里的那个神圣单词？用以表征神的名讳：一个无法用嘴巴诵读出来的子音词组。无法传授以言语，无法让渡予他人。

女人的哭声在日子与日子的尺度下，在封闭回绕的表盘上间歇。后来，索性便没了声音。

哀矜竟也能转成静音吗？无声不一定是圆满的消解，也可能是决绝的丧夺。

她住院？不在人世了？搬家了？

躺在床上，妻继续闲侃着。

她是不是也该有个丈夫？哪怕是酗酒、赌博，会谩骂、会动粗。或是会有个儿子？不能工作或游手好闲，还是染上了毒瘾……

时间又来到了凌晨。我与妻还不能成眠。

躺在床上同衾共枕，肩挨着肩，两人有一句没一句松散地侃话，像两具转速过高的锅炉，凝盼着彼此意识的炉膛，不时有火星逸飞而出。

关了灯的房里，我们一起盖着冬日的厚被子，彼此偎傍。

终于，我们又听到女人的哭声，听上去十足地凄厉。我猜妻跟我一样，倏然感到了满心侥幸。

在车上

言叔夏 *

　　有一日，沿着中港路，车子的广播忽然流出了陈升的歌。电台里有一个低沉的男声，他说，秋天到了就适合听陈升了。我没有停下车子，在原本要去的地方，轻易地擦过，将路开到了一首歌的尽头。说来可笑，在这座城里其实没有什么我真正要去的地方。没有课的白日，我经常一个人开着车，沿着这样一条笔直的路进城，穿越高架桥底下的涵洞。进城的路上，这样接续而来的涵洞总共有三个。它们底下的阴影把我摩擦成一只光影交错的斑马，和其他的斑马放驰在这理应加速的道途上。也许我该问的是能而不是要：在一座不知该以陌生抑或熟悉待之的城市里，沿着一首往日的歌，我能将一部小车开到什么地方去？白日里我在边郊的超市买菜，提卫生纸，抱回猫砂与粮食。在刹车板与油门的缝隙间，忽然想起了很久以前在北方的城市，为了听完耳机里的一首歌，而在恍惚间坐过了一两个捷运站的事。

　　中港路其实已不叫作中港路了。在我搬进这座城的时候，它早我一步地被改换了名字，成了另一条路。如同淡水线倏忽转了

_____

　　* 著有散文集《白马走过天亮》。曾获"林荣三文学奖""九歌年度散文奖"等。

弯。某天以后，某些必然的抵达忽然失效。比如有一天醒来，我
就忽然醒在这岛上中央的城市。离什么地方都近，离什么年纪
都远。

　　不开车出门的日子，我亦曾拿着北城寄居时买的悠游卡，在
岛一样的公交车站上车。十公里免费。再十公里免费。胶水一样
地把那些截了头的短路黏接在一起。三十岁以后从头认识一座陌
生的城，和在这个年纪重新结识朋友一样的困难。心与皮肤老而
坚硬，指尖的指爪细长锋锐，而所有的感官竟都是破碎。常常，
我在一个公交车不断绕路后的某地站牌下了车，往前与往后，皆
是再寻常不过的街市风景。这里是什么地方？我无法辨识眼前的
风景与过往居住过的任一城市之差异。它们像皮肤一样地覆盖在
我的表层，几乎只是一张被褥。

　　后来某日，我就忽然理解那半透明状的薄膜所为何来了。没
有伤口的地方，没有种植。终没有一棵自己的树来遮蔽自己的影
子。心室若是轻斜地偏移，日晕一样地，一公里也是异乡人。

＊ ＊ ＊

　　搬到了此城才开始学车。如同搬到花莲才开始真的写字。
往往一种技艺来自一种命运，一种命运则决定了心底寄居的一座
城池。我常想人与一座城的关系往往来自某种偶然。而成年以后
搬迁的地方，便因此像是继母一样的存在物。某段时光逝去，你
不得不被催逼着跋涉一段路程去抵达另一座城；租屋，购买简便

（易于装箱或抛弃的）家具，熟悉新的通勤道路。这些寄居的城市个个都像是某种托孤。生活所剩的余裕，皆耗在和解。二十二岁我刚踏进台北时，也有过那样一个多雨而尖锐的继母。冬季盆底的水汽阴湿浸骨。东北季风刮人脸面。我与她共同居住在一个屋檐下，有时被她杀死，有时我杀死了她。

内残自毁的日子毕竟属于二十世纪，过不去的日子亦是。但过着过着，竟真的过去了。搬离北城时我想，我永远也不会喜欢这座城市，如同世上长久并存的许多关系：并不喜欢，只是习惯而已。而今我搬进中部的这座城市，竟已跨越了那条三岛由纪夫纬度，在日复一日的重复中洗涤着一个又一个的日子，缓慢学习在一篇文章里安置此地的名字。往往人用写作去指称故乡甚或一个陌生的地方是一件相对容易的事，但要指称自己继母的名字却需要长久的练习。每每在新的城市里我自我介绍"我住在……我是……人"都有一种害怕被谁拆穿的罪恶感。日常话语掩蔽了那些迁徙的路径。像是日日浮在这座城上三厘米处，假装脚踏实地地生活，忽而竟也理解"汗毛竖立"四字是一种什么样安静且无声的意思。因为每根毛都没有紧贴着皮肤，哪里都可以生活，却也哪里都没有活过。

此地其实待我不薄。秋日的日光凉薄如蝉翼，抵达沙鹿前的海线斜坡，整个下午就有了那种芒草的金黄。冬日高旷，坡上的电塔孤独而荒凉，冷高压的线轴压花般地压过了天空，多的是干燥花般低垂悬吊的日子。春夜多雾，有时在一条暗夜的路上，我开车爬上了大度山的坡。山路低缓，开着开着竟忽而身陷五里雾

中。挡风玻璃霎时一片朦白，只剩下远方雾里的车灯，一明一灭
的，像在夜路上忽遇见了一只打着灯笼的白狐，被它的尾巴摩挲
了脸颊。

* * *

但我其实已离作为女儿的时期甚远了。

结婚的时候，迎娶的饭店订在梧栖港旁，一个面海的房间。
港边起重机的灯光终夜明灭。我几乎要以为这是在异国的某城
了。海滨码头空旷无人。这就是我某日老死埋骨的城吗？旁人说
拜别仪式时应该要哭，或许正因为这"应该"二字，在众目睽睽
的企盼之下，我竟哭不出来，甚至有点想笑的冲动。像小学时被
点到回答问题时的尴尬气氛，既说不出是也说不出不是。其实
我应该像个成人，说些什么来结束这回合，毕竟没有人想被悬
吊在那里。成人的意思是：要尽量让别人感到舒服。最终是成
人的母亲出声解了围："算了吧。免这功夫。以后你就是台中
人了。"

母亲不会知道，在许多时间的节点上，往前与往后，我总
是无话可说。丢掉扇子。泼一盆水。踩踏火炉。踏过火炉的时候
我曾幻想那白纱的裙尾会不会就此烧了起来，扰乱程序，延迟仪
式，所有人惊恐一遭。我也许会在心底哈哈大笑。年轻时我在张
惠菁的小说里读到，出嫁的新娘从礼车里丢出去的扇子正恰好打
中了一只猫。忘了那猫后来是不是摇摇晃晃地站起来，抑或就此

昏死了过去。所有的叙事原来都为了绕路。

而大度山的这一边，其实是难以绕路的。路熟了以后我才知道中港路是一条极逼仄的路。每日有通勤的人从城里出来工作，从城外进城上学。路的两旁看似分支甚细，都是逃避与绕路的洞口，然而细路多歧，尽头不是永无终止的绵密巷弄，便多半是戛然而止的死路。我曾想过避开中港路下班时间的高峰车潮，将车子打弯开进了工业区里的产业道路。殊不知厂区里的道路星罗棋布，根本是无限延伸的歧路花园。天黑下来，我却还在路上打转，找不到通向联外道路的方向。路旁是中南部工业区里随处可见的大排水沟渠，水声哗啦哗啦作响，栉比鳞次的低矮厂房一座接连着一座。偶尔有几个大眼睛的外籍劳工停下脚踏车来注视着你。他们的眼睛闪烁着困惑的星芒。这里是哪里呢？我究竟把车开到了一个什么样的地方？很奇怪地，是在那样一个日常生活的化外之地，没有游客，没有当地的人。我第一次隐约地想起，这里是一个叫作"台中"的地方。

* * *

不塞车的日子，从校门离开。只有中港路能抵达中港路。这一次，开车的是J。

我问他，大度山究竟在什么地方？为什么没有人告诉我它明确的场所？J偏着头想了想，说，这里就是大度山吧。或许，我们住的地方，就在大度山里。

　　但是我们从城里回来，走同一条路，笔直地爬到高处。这条
路两侧的高楼几无变化。一点也没有上山的感觉。我说，我们真
的在山上了吗？为什么路没有转弯？地理课本上说，世上所有的
山路，都是蛇一样地盘着山往上爬。

　　山脚就是这座城的脖子。每次，车到了国道的高架桥下，
我都会想，啊，这里是肩膀，紧接着是脖子。过了朝阳桥，慢慢
抵达城的唇，城之心。开车的时候，真像是接吻。四脚轮子滚着
滚上了城的脸。即使是陌生人，亲吻几次，可能也会产生爱罢？
这真是一个过于浪漫的想象。仔细一想，亲吻几次而产生的爱，
哪里浪漫？真正的浪漫是一条一去不回头的路，一见钟情，所以
无须回返。仔细想来，那日日压碾过大度山的中港路其实是一条
坐三奔四的路。苹果皮般的下山方式毕竟是属于高山的。被中港
路划过的城郊的矮山，只能是电剃刀般地在脑勺上推延着，推延
着，终划过了整片山坡的植被。所谓前中年的一种风尘仆仆，大
抵如此。

重逢

黄英哲 *

　　听到伊在大学停靠地铁站月台狂乱尖叫，被地铁站职员强压地上紧急送医的消息时，事情已经过了三个月。我服务的C大共有三个校区，各个学院分散在不同校区，教职员之间几乎不相往来，但是教职员动静的谣言却没有受到关山阻隔的影响，日本社会是特别喜欢谣言的社会，在教学、行政工作繁忙枯燥、人际关系复杂的大学世界亦然，背后津津乐道教职员的隐私，也是一种舒压的方式吧！伊晚了我三年来到位于日本南端地方都市的C大任教，都已经是二十世纪末的事了，当时在每年新任教师的名单上看到伊的名字时，确实有点震惊，一度还希望是同名同姓。之后几次在新年度全校教职员团拜的聚会上偶然相遇，伊总是维持日本人惯有的面无表情、对任何人的制式点头，没有交谈，眼神没有交集，伊的记忆中始终没有我。伊的冷漠总是令人不寒而栗，当年的鹅蛋脸略变成尖削脸，而且满面风霜，但是年轻时代的美丽神采依然还在。第一次和伊相遇是在我日本留学的第一站T大，已经是非常遥远的过去了。

　　* 作家，著有散文集《樱花·流水——我的东瀛笔记》。

　　一九八五年春天，樱花盛开的季节，我抵达了长达十一年留学生生活的第一站T大。T大位于日本关东地区的I县，在东京的东北边，从东京走高速公路需一个小时的车程，但是当时高速公路还没有开通，往返东京时需从上野火车站搭乘地方路线火车，先在一个小城市下车，再换地方客运巴士，费时两个多小时。那年，T大的所在地谓之樱村，相当具有诗意，近年才改名为T市，失去了原有的韵味。

　　T大在当时是日本所谓的模范大学，校园广大漂亮，校舍宏伟华丽，硬、软件设备一流。

　　什么时候开始萌生留学日本的念头，记忆里已经是非常模糊了。二十世纪六十年代我还是小学生，住在台湾南部的小镇，小镇的两家戏院东和戏院与荣昌戏院经常放映二轮的日本电影。家母是标准的日本电影迷，一有空就带着独子的我上戏院看日本电影，小时候我心目中的英雄是石原裕次郎与小林旭，偶像是娇小惹人怜爱的浅丘琉璃子，银幕上男女主角的纯情世界以及凛冽的北国风光，是我向往的天堂乐园。大学毕业后，连续考了三年研究所皆落榜，正感到前途茫茫之际，在T大留学的大学同学为我申请到T大的入学许可，家母在万分无奈的情境下答应了我的留学，我内心也期待着能在东瀛邂逅我的浅丘琉璃子。就这样地带着简单的行囊，我匆匆奔向东瀛，奔向樱村。

　　一九八五年，刚抵达T大时，我的日语能力还处于牙牙学语的阶段，苦不堪言。日本的大学研究所制度是留学生必须先当旁听生（在日本谓研究生），期限最高是两年，在旁听生阶段除了要学习适应日本生活与日本的研究所上课方式外，日语及专业知识也需加强，然后接受入学考试，如果两次没有考上那就必须离开，至于能否录取，就取决于笔试成绩和与指导教授是否投缘。来留学之前，我的日文能力实在不足，关于日本史的专门知识也相当薄弱，尤其是面对日文古文书时，就像是阅读天书一般。而半年后，初次与指导教授见面时（他去韩国讲学半年），彼此也似乎不是很投缘，当然自己也不够用功，考试成绩也不理想，因此种下两年后必须离开的命运。

一九八五年入学考试落榜，一九八六年一整年，我不知道在T大的日子要如何度过？即使再参加来年的入学考试大概也是没有指望的，在进退失据的情况下，精神状况相当紧绷，整个人陷入深度的焦虑中。一九八六年春，我照样继续旁听齐藤教授的课，在那年的新生中，我惊艳地发现有一位日本研究生像极了我的浅丘琉璃子，水眼汪汪娇小惹人怜，上课时，总是安安静静地坐在角落，下课时，像幽灵般仓皇逃命式地迅速离开教室。伊的声音非常低沉，每次轮到她课堂报告时，词句似乎老是含在嘴里不忍吐出，必须很费劲地听，才能听懂内容。那一整年心中唯一的寄托是在齐藤教授的课堂上能够看到伊，我常故作不经意地偷瞄她几眼，一年下来，意外地发现伊从不穿着牛仔裤或是长裤，春夏秋冬总是穿着剪裁合宜的套装，举止和一般的日本女学生极不相同，非常优雅轻巧，氛围像极了记忆里二十世纪六十年代日本电影镜头下，昭和上流社会高雅安静的千金小姐，猜得出伊来自都会资产阶级。一九八七年离开T大时，内心热烈希望有一天能够再度和我的浅丘琉璃子重逢，也许这股渴望无形中支撑了我往后近十年没有明天的留学生活。

离开樱村后，二十多年来，伊经历过的风雨甚至风雪，我实在无从得知，越过关山传出的关于伊狂乱尖叫的原因，好事的日本教职员们，用着既兴奋又神秘的口吻互相交换情报，"M教授研究生时代过从甚密的退休教授W老先生最近孤独死了……""M教授去年有了新的恋情，和多年同居的K教授男友分手了，研究生时代与求职，K教授曾毫无保留地对她鞠躬尽瘁，但是新的恋情并没有继续发展下去……""M教授的父母最近先后去世，因争家产与弟弟打官司，M教授父亲长年派驻海外，担任当地法人社长，母亲体弱多病，这位弟弟几乎是由她带大的，弟弟的争产对她打击很大……"这些似真若假的谣言，大致可以拼凑成一幅完整的图像。日本大学世界里女性研究者的求职艰难，日本社会家族间的疏离、血缘间的冷漠，对我这个局外人来说永远是理解不透的，伊心中的痛我很难同理，也不可能替她分担。但是，能够确认的是偶尔校园的相遇，从伊没有和我交集的眼神，我知道终究没有再度和伊重逢，而且是永远不可能再重逢了。*

---

* 注：本文略有删节。

一生中的一天

齐邦媛 [*]

雾

　　上山来近两个月，晚上总习惯等着看夜班车离去，对于熬夜的我，午夜这班车好似宣布我们今天与外面世界的道别，直到明天早晨第一班车进来，这个山村被留在无边的黑暗里，新挖出的土地上，草木都是新种的，全然的寂静，听不到什么虫鸣。

　　今晚我站在窗前等着，发现我什么都看不见了，窗外似乎罩了一张乳白色的布幕，对面亭子的路灯都看不见了，我以为自己眼睛有了问题，打个电话给正在换夜班的服务台，她们说山里起了大雾，骑摩托车的人都不知该不该上路回家。

　　如今我已在此安居，人生已没有需要我赶路的事，再大的雾我也不怕了。

　　从乌溪桥那场雾中活着出来，五十年来我再也没有看过那么

大的雾，也许，更确切地说，我今生并没有真正从那雾里走
出来。

　　那天中午，我们从挂在墙上的老电话上接到中兴新村医院的
电话，请我们赶快去给我表哥裴连甲的紧急手术签字，他新婚的
太太只是哭，不敢签字，病人胃大出血不停，情况相当危急。幸
运的是那天是星期天，丈夫头天晚上开着工程车回家，今天吃了
中饭就得赶回工地，那是一个时时刻刻都有大大小小难题要应付
的日子，我们年轻，对人生没有怨言。

　　我们把三个孩子（六岁、四岁、两岁）千叮嘱万叮嘱，交给
新来帮佣的二十岁女孩，开着他的工程车，尽速赶了二十二公里
的路到了医院，签了字，开了刀，止了血，命保住了。晚上八点
钟左右，我们终能开车回台中，出医院门，发现天黑后起雾了。

　　那时的中兴新村是座充满希望的新城，省政府刚搬去，路
灯明亮，很快找到上公路的指标。过了草屯，路灯渐少，雾变浓
了，雾越来越浓，四面八方包围过来，到了一个较狭隘的山口路
段，往前去就是乌溪桥，路旁有一个够亮的牌子写着："乌溪桥
工程；临时木桥，小心驾驶！"

　　接着就是沉重的车身上了木桥，车轮驶在一条条横木条搭
起的悬在溪上的临时桥上，压出咯拉咯拉的声音，往前开了一分
钟，就完全看不见车前的路了。大雾在溪上像半液体般地把车子
密密包围，由于岸上的灯光，雾不是白色，是柠檬水似的氤氲，

一层层地罩住了天和地，开大了车灯，只照见车前两尺的木条。这时他突然问我："你来时看到这木桥有个弯度吗？"我说："好似个月牙的形状。"他问我记得那弯度是向左还是向右？中午来时过这木桥我们都只想着医院和家中幼儿，匆忙开过，如今都不记得它的弯度在哪一边，木桥没有栏杆，也没有任何可以判断的指示，有，也看不到。我说："让我下去在车前探路，你慢慢跟着开。"他说："对，来车先撞死你，或者你看不到路时已经掉到河里了……我们现在只能这样一尺一尺往前慢慢开，一切交给命运吧！"

我不知道我们在天地全然蒙眼的雾中开了多久，我永生都记得车子一尺一尺前进时，桥上木条轧轧的声音。时时都吓得心胆俱裂，似乎是永无止境地一尺一尺往前挪移。我们在求生的默祷中一尺一尺往前开，只听得见他沉重的呼吸声，凝神看着车灯照亮的那一排木板，木板下河水激流响着。

天荒地老，不知开了多久，突然前轮下的木板轧轧的声音变得闷重起来——莫非我们猜错了弯度，压到了边线？慈悲的天父啊！求求你，那三个孩子还这么小啊！他开始按喇叭，慢慢地一声接着一声，希望有人听见……

突然，右边前轮触着了土地，坚实的土地！再加一点力，后轮也上了土地，全车开上了临时的桥头，上一个小坡，就看见了公路的白线。这时，我们已无力说话。

　　无言中，车子到了雾峰，上去有一段小坡，好似神话一般，雾竟渐渐散了些，蓦地，台中万家灯火遥遥在闪烁，我们活着，要回家了！这时，我开始哭泣，全身震撼哭泣，停不下来，他说，"你怎么了？"我说，"我刚在想，我们三个孩子成了孤儿会怎样……"他说，"唉，你们这些学文学的人！"——但是我看到他眼角的泪。

　　进了家门，我冲往孩子们的屋子，看见三个小兄弟都挤到一张床上，老二的胳臂在哥哥的胸口，小弟弟的一条腿在二哥肚子上，睡熟了的脸上还有泪痕，年轻的女佣靠着床柱打盹。

　　坐下看着眼前这景象，我又哭泣起来。

　　我哭木桥上的瞬间生死和幼儿的一生，也哭自己今秋将要离家，虽然妈妈在我去美国进修半年时，会来照顾，但是我应该去吗？我怎么走得开？我一生会怎么想？孩子长大了会怎么想？

　　现在的乌溪桥，是一座一九八三年修建的铁桥，桥长六百二十四米半，二十六米宽，双向线快车道及两线慢车道。山涧河道的浓雾已不是威胁。这座桥傲然跨越两岸，坚固安稳，是我们当年的木桥所不能梦想的，如同今天的年轻女子的人生也是我们那一代所不能梦想的。

红叶

　　午后去捡那排锡兰橄榄的落叶，竟成了期待。连续已数月之久了，这几棵不大的树竟也有掉不完的叶子，由酒红到暗绿夹金黄，厚实深沉的绚烂颜色，虽是落叶却充满了生命。夜夜灯下有三两片在桌上伴我，竟是和花朵一样这般真切的美好！明日便将枯萎，但仍令我留恋，似盼积满前庭，听夜雨滴落。六十年来何等人生，都市中何等妄想！

　　以前去捡落叶多存选择之心——寻找最美好的，如今我已不常有寻找的心情，进入随缘阶段。身体总不够好，绕这一公里有时觉得勉强，弯腰选叶感到累，遇到好的就是有缘，带回供着高兴。每天落下的叶子都有相同脉络，颜色也大多相似，好似昨夜的风和太阳的效力只能染出这种颜色，有一天全美好，有两天没得看，全靠风和露水的舒展。每天的落叶常是相似的，色彩润度都一致，只能去欣赏同样的阳光和水。

　　连日冷。落叶美得凄厉，落叶之美惊人。红色与绿色交锋，生命和死亡互占叶脉，小小的叶子，多大的场面啊！

　　一位老太太前天发现我在捡红叶，一再踢她眼前所见的红叶告诉我，这个是红的！我的回应很淡，捡拾叶子对我有更深的意义，这些叶子岂可踢得？自然生命的流失和留恋，岂是陌生人可懂？我的最后赞叹亦何容侵入？

谁知她竟在树篱上留下三片叠在一起，然后由另一条路走开，远远看我，我知道这是她的好意，增加我的收集。

但是，太晚了，在生命这时日，对陌生人说不明白这秋叶和随缘的意义了。

还有人问，捡这叶子做什么？我说：去卖啊！

对自己所爱，不容亵渎，原该拈叶不语，但修养不够。

书与骨灰坛

人类数千年来都说从出生走向坟墓之路……而到了我这一代，已很少人能有真正的坟墓，几乎全待烧成灰装进坛子，而骨灰坛放在什么塔里，或公墓一块格子里，不一定会有刻石名字的墓碑，骨灰坛的意象和各种坟墓的场景对照，没有一点浪漫的气息。所以该没有人会吟咏"我悲哀地（或不舍地）朝骨灰坛走去"。

而我，在满了八十岁之后，真正勘破了这些葬身的迷思，先由都市荒居抽离，住进这光亮的山村，然后不再迟疑地朝向我一生之书走去。

小乳猫

天快亮的时候，我梦见怀里揣着一只黄色的小乳猫，饿得快死了，我奔走在台中街头，买一小包米去救它。这只小瘦猫确实是我在台中家里无数乳猫之一，它们到我屋下生许多小猫，我轮流抱着看书。在丽水街最后的一些夜晚，听窗外小野猫夜啼，不能去救它心中歉疚，我救不了那凄号的小猫，因为我那时连自己都救不了。但这只猫却不止一次来到我梦中，记忆是多么坚持的追踪者啊！

棉鞋

有一老者说活得太累，全身都痛，儿子帮他捏捏，每处都痛，只剩最后一层靠近地面不痛，原来是棉鞋。

他们便允许他不必满身痛楚地活着，帮他解脱。在台湾怎么办？没有人穿棉鞋。

伍

逐光而行

莎拉大妈的蓝调

李明璁 *

　　我在芝加哥遇到的那位莎拉大妈，前年过世了。她从十四岁开始唱蓝调讨生活。虽然在二十九岁时曾短暂赴欧巡演，也在巴黎录过唱片，她却始终无法靠一副绝妙歌喉出名获利，于是她说："人生大概就在这几个熟悉酒馆的演出里度过吧。"

　　她出生在南方密西西比的农场，七岁时，随着原本从事血汗劳动的父母举家搬至芝加哥，希望落脚在这座中西部第一大城，找到让日子好过一点的可能性。每逢礼拜日，莎拉小朋友会跟着家族，一起在教堂里唱福音圣歌。

　　那个年代，白人种族主义气焰狂妄，黑人民权运动方兴未艾，各种惊心动魄的冲突事件，在全美各地上演。一九六八年四月，黑人精神领袖金博士遇刺身亡，同年八月，民主党在芝加哥召开总统提名大会，大批反对越战与争取民权的群众聚集场外，市长却下令血腥镇压。

　　就在街头宛若战场、被武警痛殴的民众高呼"整个世界都在

---

　　* 英国剑桥大学国王学院博士。著有散文集《物里学》。

看"的同时，少女莎拉为了生活而中辍学业，专心努力在小酒馆里卖唱挣钱。我可以想象，她如何过度早熟地吟唱起世故的蓝调。

一曲又一曲忧郁深沉、没有光鲜气味的、繁华都会边缘的蓝调。无论是怨叹爱情消逝或大吐生活苦水，在直白易懂的歌词与即兴摇摆的旋律中，这些歌始终都是一种对现实的呐喊、救赎的召唤。

当代最具政治能量与社会意识的黑人乐团之一公敌乐队曾说："饶舌歌是非洲裔美国人的CNN，借此他们看见真实的美国、真实的社会。"那么蓝调呢，或许就如流动教会，让黑人朋友无须辛苦撑到周日做礼拜，每晚在都市角落的酒吧，便能从出神的吟唱与吉他得到宣泄、疗愈，也感受欢乐、平静。

三十多年后的某夜，我偶然来到这家位于市区、名为"蓝色芝加哥"的酒吧，就在华丽张扬的滚石餐厅附近，显得相对低调。对音乐爱好者来说，这儿也算是个蓝调圣地，但在平常夜里，店内几乎都是刚从附近摩天大楼下班的商业人士。

邻桌坐了几位白人男性银行主管，他们卷起笔挺衬衫的袖了，把名牌领带从喉头放松，一边讪笑公司下属的迟钝，一边和拉丁裔的女侍打情骂俏。在喧哗笑声与酒瓶碰撞的此起彼落里，阴郁的蓝调总得有些收敛。莎拉大妈识相地改唱起诙谐搞笑的情歌。

正如她将艺名从Sarah Streeter改成了Big Time Sarah（欢乐时刻莎拉），已年过半百的她，虽曾发片出国巡演，但那一刻仍得放下身段，为醉酒的客人献唱一曲《生日快乐》。从小就懂察言观色、在白人夜生活圈里讨生活的莎拉大妈，转瞬就把蓝调变得轻松愉快。

演唱告一段落，看她辛苦挪动肥胖身躯，坐在一旁判若两人地沉默饮酒，如此显而易见却不可言喻的落寞。我羞赧地走去打扰，请她在CD上签名。可能是因为酒喝多，她下笔都歪斜了。我说很喜欢你唱的蓝调，觉得相当感动，尤其是比较缓慢而哀伤的歌曲。

她抬起自己"原来根本不在意是谁找她签名"的头，看了我一眼，突然就酒醒般地清晰说了声谢谢，并问我从哪儿来的。寒暄几句，她点起一根烟，悠悠地说："其实，我一辈子都还是只喜欢那些老派的、很蓝的蓝调。"

走回吧台座位，我听到隔壁几位白人"精英"还在嘲笑莎拉刚刚用她大胸部顶着寿星酒客的胡闹表演。我决定离开了。城市远方传来浮夸的警车鸣叫，微醺中我有点耳鸣，仿佛听到一连串声音的剪辑：混杂着白天我在历史博物馆听到的、黑奴被运往美洲船上的痛苦呻吟与低声歌唱，金博士鼓吹和平抗争的激昂演说，然后还有莎拉大妈刚刚的蓝调。以及，前夜我在旅宿房里，听到邻近黑人小区传来的枪声。

那晚睡前，笔记本上，我将米兰·昆德拉《生命中不能承受之轻》最后一页的句子倒过来写："快乐是形式，悲凉是内容。悲凉注入了快乐之中。"

最初的日子

刘崇凤 *

　　盛夏，我背着包包来到澎湖，转船抵达望安岛。伙伴小民来接我，他们已经在这里住了两个月。"我们的村子叫水垵村。"小民在风中跟我说。

　　共居生活并不容易，十个伙伴塞在一间房子里，一起准备夏天海上独木舟的活动，密切相处，少有隐私。老实说，我有点惶恐。

　　下车时，琳正好端出一盆面包，兴高采烈地朝我招手。她不仰赖窑或烤箱，用锅子放炭火上慢烤，仔细控温，也烘烤出成功的面包！院子里正生着火，琳神采飞扬地转圈，转在白烟袅袅间。我忍不住笑了，偷看一眼火，炎炎夏日，火的存在发散着某种提醒，某种，一去就不再回返的瞬间。

　　海风隐隐，黑网在半空中飘，我们坐下来，围火吃午饭。我

　　　　　　　　　　　　　　　　　　　　　　　　　　　　

　　* 出版有《听，故事如歌》《活着的城——花莲这些家伙》《我愿成为山的侍者》。

说起身体的湿寒与低血压，小民指向其中一盘："那你要多吃一些，补补身子。"那一盘很不起眼，干干瘦瘦，我夹起略带毛发的肉片。"是阿杰抓的羊。"琳说。"这里有羊？"我惊呼。伙伴眼神深邃，一言难以道尽。

你迅速被那样的眼神、那样的火掳获，推开人类记忆的大门：捕猎、生火、无具野炊，海边小岛的简单生活，并不轻松。你认识他们许久，知道这群伙伴的能耐，却还是常常遗忘。这样原初的气味，总在你们四散后各自回到常规生活里快速散佚，但只要聚合，便即刻就能凝聚，召唤你回来。

火的气味、肉的毛发、面包的嚼劲和海的咸湿。

璁咙喝海泳，几个人跨上电动车骑到一处海滨，一个个投身入海，渐渐不见踪影。我没打算这么快投入大海怀抱，站在那里，看望海许久，有点不相信这么快就开始了。回家清洗身体时，拿着水管冲洗身体，才发现伙伴们已习惯拉一个大脸盆站在里头，连淋洗的水也不忘搜集，只因可以继续用来洗衣服和装备。

极简的追寻漫无止境，节能减碳相当实际。使用抽水马桶还有生活公约：小号无须按冲水阀，请自行评估马桶内尿液的颜色和气味，再决定冲水与否。没有卫生纸这种东西，如厕后以水洗取代，冷水对我来说太寒，便自备一条小毛巾专事擦洗。卫生与否？身体力行后我有了自己的答案。走出厕所一刻，我发现自己被置换，集体实践的力量之大，出其不意，只要花一点力气适应，转身便海阔天空。

晚餐忘了是谁主厨，帮手时有时无，没有排班，随心所欲。整个夏天的每一餐，在心照不宣的默契中完成。璁立了个规矩，开饭前得谢饭。"谢谢海，谢谢海，谢谢海。"初来乍到的我，端着饭碗，闭着眼说。"谢谢风，谢谢阳光，谢谢盼望与等待，谢谢伙伴。"因为多了细致的心情，后来，每一口都很美味。

想起年轻时曾看过的一部日剧《海滩男孩》，牵勾起海边生活的浪漫想象。但在你发现这不是一部日剧后，现实很快地铺天盖地而来。那些想望许久的简单富足，会挑战你好逸恶劳的习性，直到你节节败退并扪心自问：这真的是我承担得起的想象吗？你必须练就一身随遇而安的本事。没有床，抱条毯子随意找个角落倒头就睡；没有洗衣机，整个夏天你拥有的就是一双手；没有热水，洗澡水的温度随白天黑夜转变；没有吹风机，畏寒的你一洗好头就用毛巾包覆；冷气成为古老遥远的传说，屋顶是眠梦阳台——削几根竹片、绑几条绳子，搭起蚊帐——星空那么大，风从四方来，哪里都是床，哪里都成为梦乡。

不再仰赖，便没有失去了。你尝试把自己的需求缩小再缩小，成为另一种样子。什么时候融入的，自己都搞不清楚，不知不觉就找到比自己当初所想象的，更大更安适的家。

琳勇于无具料理，小量热衷捡拾海废。不，不只小量，伙伴们在海边散步时总是东探西望，他们把海废——也就是垃圾，当宝一样收藏。如今，小量用废弃渔网和绳子做了第四个网袋，有大有小、侧背后背，她说每个网袋都有不同的功能，说的时候眼睛亮亮的。刀疤沉默地编绳；杰多做一个网袋送给女友；小民偷懒只想捡别人做坏的，遭众人不留情讪笑……当人手一个自制网袋，自然想跟上"潮流"。渴望的不只是网袋本身，更多是化腐朽为神奇的魔法。价值的再造和转译令人臣服，对象重生的同时，仿佛我们自己也重生。

小量和埃达捡了许多美丽的玻璃瓶，她们讨论切割好做灯罩的可能性。我讶异于海浪送上岸的玻璃瓶竟仍保有完整，把玻璃瓶洗净装满水，拿到屋外晒一晒，就有温水可以喝。阳光咕噜噜溜进身体，太阳水真的好好喝！

为了这前所未见的成就感，我们成为废物利用的狂热者。从海边一路捡，捡到望安资源回收场。琳的黄橘色花洋装、杰的粉色衬衫，都来自这里。男人在大院立起晒衣竿，回收场供应成排的衣架。拼拼凑凑、排列组合，塑料篮拿来晾碗盘、渔网揉成团变成天然菜瓜布，随后我盯着炉台上的高压锅——不可能！这群人不可能有这种快速方便的高档货……"当然是回收场捡的啊！"琳耸耸肩，双手一摊，笑得耐人寻味。

我走上走下，细看这房子的每一处，它不是我所熟悉的那种家，除了划船露营的装备，努力将一切需求减到最低，翻转生活。尽管拥挤喧闹、必须互相配合，尽管身体湿了又干、干了又湿，至少不用再让日剧专美于前，这里成为我们的黑盒子，开演属于自己的夏天。

* * *

只是恒久冲冷水澡的身体，想念热水。共居得久了，也需要独处。

独自一人坐船到马公岛，小巷弄里找了间背包旅店歇脚。旅店在二楼，隐身于公寓中。我惊讶外头有舒暖的自然风，客厅却吹着冷气。主人领我走进八人间，扑面而来是更冷的冷气，包裹着化妆粉的味道。我一直记得，闻到冷空气沾染香水脂粉的一瞬，鼻子如何皱缩起来。这与连日风里来浪里去，夹杂阳光海沙的气味相距太远，天南地北的殊异两端，却一天即可交换。

立时想逃离现场，因预付房款懊恼不已，白净柔软的单人床近在咫尺，却一点也不吸引我。我走出房间，确认这是一间密闭式公寓，脑袋里转了千百种退房的借口。直到推开木门，发现户外阳台，才安定下来。阳台上的盆栽很有精神，鱼菜共生的设计显示出老板的用心，这小小一方天地，以简易吧台区隔出户外厨房，外头的阳光打在对面的红砖墙上，映照出枝叶的影。老板泡了杯咖啡给我，聊起他岛内移民的故事，我才发现是自己太武断。

夜里冲了热水澡，珍爱无比，吹风机烘得头热乎乎的，几乎跪拜起这样的温暖来——好舒服啊！走出浴室一刻，深刻觉察文明的可贵，一切并非理所当然，哪怕是一台热水器、一只吹风机。我放下简约生活的严格标准，世界很大，住着许多不一样的人，每个人心里都有要守护的价值，奢华或极简只是不同的两端，走向哪一端都可能失重。

所谓平衡，是珍重已存在的一切，包含自然与文明，我都收受，我都爱。唯有如此，才能取得无所矛盾的、真正的富有吧。

＊＊＊

回到望安，连续几天疲累紧绷、马不停蹄的海上活动，大家都累翻了。几个人要不摊平在屋子里，要不游魂似的游走。

午后，琳在厨房用电饭锅做香蕉蛋糕；埃达坐在门口手绘浮球；璁听着音乐；小民眯眼看书；宏蹲在一旁改他的网袋；刀疤在地板上午睡……我洗好衣服晾晒，转身一刻，看到小量跨坐在漂流木上做木匙。

没有人说话，大家各自做自己的事。这静默不会太久，我却在静默中看见古老的生活记忆，时间好似没有尽头。

火光兀自在夜里舞动，刀疤和琳换了水母衣，套上防寒衣，背起渔具，两个人一前一后跨上电动车，慢慢没入黑夜，那融入暗夜的双人俪影，很美。我知道当他们回来，会有鱼汤可以喝。

客厅内传出埃达洪亮的笑声，她和宏正聊着某次海泳时的趣事。小民走到门边："我关门啰！"告知的声音和合上纱门的动作一样轻，一天即将结束，我盯着笔记本上闪烁的火光，发现自己许久没依着火光写字，心里有些满足。

没再添柴，直到余火退去，炭心呈现暗红色；直到光辉灿烂都消逝，剩下灰白余烬。

风吹得很轻、很柔，我坐在这里，看到水泥地上石块中央的炭灰，我俯身触摸，如丝也似的炭灰在手指上化开，触感绵密轻柔，白与灰象征年迈苍老的智慧，从手指那头传递过来。我摩擦，宁静温柔如潮水。我看见家人的支持、爱人的等待，我看见光的温暖、风的轻抚，突然间只剩自己一人在旷野中，与火同在。就这么坐在这里，安安静静让灰烬抚平自己，抚慰过去的焦虑、压抑以及想象。炭轻轻粘上了手，黑黑的就像这夜，虫鸣真美，如风的流动。

我好像读懂了。那是需要很安静、很安静，才能读懂的语言。

我以为我需要的是技术、经验、故事、成就感或其他，但原来只是要这样的安静自在而已。灰烬不全然黑，自手上滑落，我弯腰摸了摸周遭石块的温度以及形状，稳重温暖的触感留在手心上，那是时间深长的馈赠，就像星星一样。用身体和手参与生活，声音和故事便尽其中，我在找些什么呢？就在这里！我的

手离开，什么也不留下，我以为什么也没有，可指尖明明白白留
下气味：火的、树木的、森林的、流水的、石头的、草的、灰烬
的气味。火的影子留在手上，散发出淡淡余香，一如海的声音收
纳进身体，和血液奔流歌唱。

　　老天，我灰黑的指尖好美。谢谢，不需要拼命抬头张望和寻
找了。谢谢，疯狂忙碌的夏天和臭味相投的伙伴们。

　　空手而来，空手而去。什么都没有发生，也什么都已经发
生了。

低山行走

柯裕棻 *

　　去年夏天以来我陆续走了几座低山。山呢，是真的低，海拔不满千，远不及一只金翼白眉的栖息线。

　　台北近郊的低山是有路有人家的，入山口或者在市公交车最荒远的支线终点，或者在数字与名称都冷僻的小巴沿线。有些山路是林木繁盛的郊道，暑热昏沉，叶隙日光像一枚枚荒唐的散魂符，艳阳天里愈晒愈怔忡，午后一遭狂暴的暴雨，它就湿凉像灭了的篝火。晴雨有时，荣枯有时，山中居民大概不曾有什么兴旺的期待，即使有，后来总为这样那样的原因落空了。这些不曾炙燃的梦想，我辈路人只得其理难得其情，看不出来的。

　　我经常在山径上毫无预谋地踅踅蹭蹭，感觉累就随意下山了，没有攻顶的执着。走低山无须毅力，不考验不挑战，真心友善。我像个乡民一样栖迟听天，循路慢走，一路上草木鸟兽大抵不认识。多走几次，看多了草叶深浅与枝丫高低、虫鸟飞翔的翅

---

　　* 美国威斯康星大学麦迪逊校区传播艺术博士。著有散文集《青春无法归类》《恍惚的慢板》《浮生草》，小说集《冰箱》等。

翼，听惯山林深处的鸣叫，虽说不出名字也觉得熟。一日，半途忽遇长尾蓝鸟成群乱飞，青羽璀璨，朱喙鲜丽。青鸟自古为信使，它们如此光彩夺目，携来的信息大抵也是辉煌的吧（否则如此光芒万丈地捎来噩讯叫人如何是好）？停看许久，恍悟，哎，这就是台湾蓝鹊，突然有半路认亲的熟悉。

山上的日子比城里长，愈往上走，路愈荒仄，绿荫浓，时间就长。山气浩荡云彩盛大，因此朝日和夕阳比城里煦美，夜也比城里墨黑。山阳人家黎明开门就是一碧如洗的晴空，整日直面最高昂的日光和最浓烈的群青色。山阴也青空，只是涩淡些，一切都降半阶。近黄昏时天高云淡，远远近近的山寺一齐鸣钟，声波沿着山棱等高线荡，荡，荡远，千里一音，从山头到山头。

当今时世，我不知道还有人力独为的声响能这样铿亮辽远。

对山我充满崇敬，即使是郊区低山也不敢怠慢。虽没听过谁在郊山迷路，我还是随身带着山区路线图。山上的歧路虽不比人生曲折，一旦发现错了，你得老实停下来认错，不能任意猜测或意气用事。山野既亘古又无常，与之赌气或赌命那真是一错就地老天荒。不论走的是山野或江湖，这道理是一样的。幸而山野虽无情却也比人世仁慈，我每次都能回头，重新思索是误在哪个岔口上。

我特别喜欢两山之间叫作"鞍部"的缓坡，不只因为它和缓易行，视野朗阔，还因为鞍部像一道上弦月弧，迢迢联结两山，像个明白爽快的允诺，轻易就许你一个峰顶。鞍部风高急，山风是一条愉快的龙，天青琉璃色，忽幽忽明长尾巴，从天际呼籁呼籁飞过，猛烈而迅捷，穿林打叶，群树闪烁摇摆，又旋即密合，光的鳞片沿途洒落湿冷的野菇苔藓上，倏忽消失。野地大风吃久了人容易疲惫恍惚，像是被这龙的翅鳍给刮得魂飞魄散了。

我曾跟着小队攀过需缘绳而上的陡坡。明明山的另一面就是眉目整齐的郊道，我们偏偏四肢陷在陡面泥泞的岩缝里，虫子似的闪躲爬行于蕨类和藤蔓的根须之间。那次下山太晚，入夜后摸黑缓行，摸着树干步步惊心，终于出了林子。见郊道路灯明亮，柏油舒坦，马路分隔线笔直洁白，蛾子飞，夜蛙鸣，太平文明。众人一身泥，辑屦貿貿，恍若穿越远古洪荒而来。这小队也曾走过冬天的山径，半山上忽遇滂沱大雨，大家只得寻个废棚烤火以免失温。火光使人愉快并且朴野，山雨哗哗众人围坐，吃糕喝茶，不知天下有广厦陋室。

我们也曾在盛夏里走郁不见光的无路密林。整座森林湿漉漉，绿得浓润犀媚，暗处各种声响愈清晰就愈寂静。我们溯溪涧而上，涧水像绿宝石化的，琳琅闪耀，看得人都成了青眼猫。沿涧青苔茸密，黑泥厚软，像踩着小兽的腹部。这种密林有无数的幽微蹊径，虚虚实实乱丝纷错，覆满整座林子，也不知是采笋人随意走出来的，还是狐狸布下的诡阵。

跟着小队我总是满心歉意拖累了队伍。一来是体力，二是胆小。登山是体力活，没有坚韧的体质还真不行。陡坡上彳亍前行，喘得上气已是万幸，沿途尽是蒙尘吃土的卑微时刻。拼得半路一身尘与土，到了顶上都有山鬼貌，且还泡在自己的湿汗里。而我有多胆小呢？仅仅一张斑驳的"山区毒蛇出没请注意"告示牌就足以让我举步艰难，这类无具体信息的警示经常设在入山口，专吓唬我这种意志与体能都薄如秋草的人。

通常我未达半山就疲得无暇他顾，毫无余裕细看风景殊胜。一路一心紧盯着眼前的方寸之地，每一步都只有崎岖与负荷。我不再想任何事，人世言语幻术随着体力消耗褪尽，我回到物的蒙昧状态，只是无智识地看着周遭，直觉警醒却又盲目。再惊奇的鬼斧神工我看去都是荒野异地，是绝路险境。人身孤微，双手双脚展及不过三尺，所谓意志仅是这咫尺之内的挣扎和喘息。所谓本能是不特别执着什么，也不放弃什么。微尘草芥，朝菌蟪蛄，本性狐者还为狐，猿者恒猿，若有枝丫就饮露生长，若有兽足便疾奔向前，若有羽翼就翱翔上天。

如此昏茫上山头，喘过气，回神一看，天地山川云海日光逼面而来，忽然耳聪目明，还魂为人。在峰顶，无限是全体可见与不可见的有形聚合，它不是技术创造的抽象思维，不是精神概念或思想，它是物质，无法穷尽指认辨明，起伏跌宕，参差错落的一切物。运算器的位或宇宙星辰之广邈是不可触及的无限，然而此处你确实能触摸云雾和光，草叶与风，它们是无限的物质形态具现于一。他们是一切物的原型正如同我也是。

说得这么玄，不过是郊区低山而已，海拔还不满千。

初秋我搭公交车上擎天岗，鱼路古道芒花瑟瑟。这一带山势虽缓，可北迎海气，阴晴不定，午后易起大雾。抵达山头已经过午，到金包里大路城门时天转阴，暗云压山，齐肩高的芒草小径走起来有断肠天涯之感。这天游客不少，我避着闪着走一条没人的草径，径愈走愈窄，草愈长愈高。终于迎面两三人擦肩行过，问他们从哪过来的，他们也说不清，只说前路失修，有点险，虽可以绕道，但下坡已经起雾了。我只好随他们折返。即使是公交车可达的郊山也由不得人逞强，万一在浓雾芒草里走岔了，没个三小时一样出不来。

折返后我沿石板道漫步，在一处半圆休憩区坐下。天色昏暗看似要下雨，一小时前还是喧闹艳阳天，现在一车一车的人脚不沾地地走了。

所谓阴晴不定就是这么回事，疾风虽厉，雨却没下来，风卷残云破了一处，雾金阳光如神谕般降下，抚及之物，草木顽石，都有了短暂的圣洁。我看见一个形貌混沌的人从远方草丛歪斜走来，说混沌因为他看上去简直脱尽人形要垮散了，他的肩胛脊梁乃至于浑身姿态摇晃前倾，帽缘衣角甚至身上的每一条绳带都露出沉重不堪的疲色，一步一坠。但是他气势盛大，呼吸磅礴，身上汗气蒸腾，仿佛拖曳群山而来。

他漫漶得无法辨识年纪，几百里的尘土蓬蓬笼着他。我想必神色骇异，他友善地略做停顿，说从某某处来的。

　　我虽不知他说的地点，那弦外之音的自豪还是懂的。问他走了多久，他说，七小时。

　　好久啊，七小时。我说。这话暴露了我对他的伟业毫无所知。他失望地说，非常快了，一般人要走更久。他遥指云涛汹涌的山巅，那里，是从那里走来的。

　　我实在不知该看哪里，远方绵延台北盆地诸山，一勾一落没有尽头，每座山顶都可能是他的起点。一般时候我这种无知微不足道，转眼相忘于江湖。然而在七小时的苦行之后，他这一天不太走运，遇上见证者昏聩如我，我再怎么称佩也显得言不由衷。他又继续走了，连我的愚昧和歉意一起背负，看起来更累了。

　　后来深秋某日，我在山上独遇竹林拦路横躺，想是不久前的风雨打的。我原想横跨过去，然而竹林即使横着也还是枝叶森罗，凌乱更甚，我怕那里面也许窝着虫虺，迟疑再三，只得从另条小路绕道折返。岂知这一绕竟岔了半个山腰，从山阳走到山阴，走成一道日暮的影子。我低估横生枝节的山路了。而且，不是每条路上都有山区小巴的。

　　如此曲路莽行，虽偶有人家，但门户颓圮，铁门与冷气的钢架锈蚀，沿屋植栽多已杂乱各谋出路，窗玻璃破了也不修补，萧索仿佛主人离开时的心境。我心黯淡又着急，地图上看起来只是几个小弯的路，走起来却又远又沉。

山里日头一灭，气温陡降，下午晒出来的汗现在冰霜一样裹着，骨子发寒，我于是跑了起来。

路灯亮了，星辰离离。我终于走到山区小巴站，附近有个小铺门悬冰激凌布旗，望进去却有一桌人在吃晚餐、炒菜油亮青翠、炖肉、葱煎蛋和焖白苦瓜。香得我发饿。我问坐门边的小姐："你们也卖餐吗？"她说："这是我们自己晚饭啦。"又问："你自叨位*行来？"

我遥指蓝得黑青的山路说，那里吧。其实我自己也不清楚。

我大概一脸苦冷，他们笑问，作伙吃否？加一双箸尔。

仅仅离城四十分钟车程，人情已有田舍古风，我差点就要坐下了。但公交车的明灯从蜿蜒暗路彼端驶来，恍如炬火，盼了一下午，偏偏来得不合时宜。我向这家人道谢，匆匆跳上车。

夜路黑，路灯彼此隔得远远的，爱莫能助，独自明灭道旁。一会儿就回到山下了。

---

* 叨位：哪里。

如果有一天你去金泽

黄丽群 *

　　台北起飞的飞机，在小松机场降落时，通常刚刚入夜。这是日本海侧北国之地小麻雀一样的航空站，此刻只有这一班次入境，早点进关的话，能看见工作人员漫不经心打开日光灯，一切闪闪烁烁，移民官一面整理衣领，从办公室出来，一面鱼贯进入验关的卡座。他们神情也接近鱼肚，平坦的青白色，光线下有丝脉的痕迹。

　　如果有一天你去金泽，这场景让你感觉脑内有轴心"咔嗒"一声落炼，身体里昼夜嗡嗡的低频噪音一时停止，或许你会像我一再重复来到这城市。

　　黑夜中开往金泽的机场巴士像是开在黑夜天空中央的银河便车，公路一侧是日本海万顷墨琉璃，另一侧是超展开的荒原，灯火星散于远的更远处，我猜想任何人在这四十分钟的车程中，无论结伴与否，都能追根究底地体会人是如何的举目无亲。有些人

　　* 曾获时报文学奖、联合报文学奖、"林荣三文学奖"、金鼎奖等。已出版短篇小说集《海边的房间》、散文集《背后歌》《感觉有点奢侈的事》等。

在中途几个停靠站下车，那些位置都荒凉得无从措辞，附近既没有停车场，也没有民居，只有一盏照亮站牌的路灯。燃烧殆尽的白矮星。我总是望着他们能够从这里再往什么地方去呢？

看不出什么前因后果。车子很快驶开。

直到慢慢接近市区，也不是忽然就冒出腾腾的人间烟火，而是雨后地面一泓一泓水境光质逐渐有化身处，落实了。

* * *

金泽是日本北陆三县（福井、石川、富山）怀抱的明珠，旧名尾山，约于庆长年间（公元十七世纪初）改称金泽。传说古早此地出产沙金，今日仍以金箔闻名（几乎每个观光客都要吃一支金箔冰激凌拍照打卡啊），四季细润多雨，以"加贺百万石"富养一方，名与实都是金生丽水的清吉气象。霜雪沛然，古时一入冬就封山封路，贱岳之战时羽柴秀吉算准这一点，拖延着以北陆为基地的柴田胜家大军。

柴田老骥伏枥，在春来之前，全军奋力铲出一条终究通往覆灭的征途。

此后，前田利家获封此地（发展至德川幕府江户时期时，统称加贺藩，范围为今石川县与部分的富山县），金泽无血开城，并为藩主根据。前田一族长于内政，日本古有"精于政事者，第一加贺，其次土佐"之说，藩政时期历出英敏寿考之主（例如被称为"名君中的名君"的前田纲纪，在位凡七十七年），数百年物阜民丰。

不过，如果有一天你去金泽，不要被莳绘轮岛涂，或九谷烧或加贺友禅的华彩所缭乱了。北陆一地真正内秀之处，其实是古来一年里长达四分之一的孤悬与隔离，以及由此而生的一色雪白安忍之心。这让金泽具备一种调和的不调和感，世俗的非世俗感，十三不靠，而和光同尘，其他城市所少见。明治维新废藩置县后，日本经济形势大变，金泽从原来全国第四大城位置一再后退，五木宽之写《朱鹭之墓》，一部分背景就在日俄战争后的金泽，笔下一眼望去寥寥的灰凉的湿雾。此后多年人口外移（直到这两年才停止负成长），地方铁道陆续废线，一条东京直通金泽的北陆新干线从确立建设计划到正式营运，历四十年。媒体称为"悲愿"。

通车后，地方政府欢欣鼓舞，一般居民倒是淡淡。毕竟，翻山越岭的日子也这样过了四十年啦……

在饭店安顿好，通常已近晚间九点。有时我出去吃碗拉面，喝夜酒也不缺乏去处，不过大多直驱日本最辉煌的场景便利商店。买了一些水与面包与优格或熟食点心。次日早晨能很快吃了出门。

习惯住的饭店常给面对金泽城与兼六园方向的房间，我打开电视，拎出购物袋里的冰激凌，金泽城石墙披盖冷光。夜晚静得人双耳发胀。

* * *

旅游书或二手宣传词常称金泽为"小京都"，于此，我想冒昧表示异议。估计也不算太僭越。因为当地人同样不以为然。我在当地买一本很有趣的口袋书《金泽的法则》，其中一条即为："金泽就是金泽，才不是小京都！"与其说这是基于乡人自豪之情，不如说是对"（对方自以为恭维地）与人攀附"充满了厌恶感。我喜欢这样的厌恶感。

"小京都"之喻显然基于一种素描式的轮廓。例如两地都富盛世风习，都得河景之胜，都在"二战"时幸免于空袭，都有保存良好的町家与古建筑聚落，诸如此类。金泽尽管不比京都千年的贵重规模，亦以百万石养，受昵称"男川"的犀川与"女川"的浅野川环抱，沿岸有十八世纪保存至今的东西茶屋街，说是自在千金，清贵公子，也不过分。

只是若在金泽走动一阵，很快能感到两地内在纹理是如何南辕北辙。金泽人有个简单的说法："京都为公家（贵族）文化，金泽为武家（武士）文化。"这话十分委婉，感觉也带点"说来话长，解释起来太麻烦，就勉强这样分别吧"的意思。

因此，话头得重回前田一族。

加贺藩开基祖前田利家薨后，继承"养命保身"原则的利长、利常两代，为免天下未稳的德川幕府猜忌（据称，邻接的福井藩即为就近监视的德川家眼线），透过输诚、通婚、遣质，终于稳定江户对加贺原本剑拔弩张的关系。加贺藩代代恪遵利家祖训，从关原之战到明治维新，次次历史转角擦边过弯，技能树上"运气""手腕""政治判断"统统点满。

后世不妨对如此谨小慎微的身段嗤之以鼻（譬如司马辽太郎写起来，就有一点这样的意味吧），只是我想，我们在白纸黑字上追求无痛的玉碎，去期待别人抛洒大悲欢的头颅与热血，当然很容易。前田家兼巧妙于柔婉，大义名分上未必漂亮，但将它翻过另一面目，是不妄动刀兵，免于横征暴敛，爱文重艺，尽管沉湎风花雪月同样是一种政治技术。

数百年若即若离垂眉敛目的隐约之心，与京都天子脚下的顾盼，显然走不上同一路。"求全"两字，写起来容易，其实笔笔尖峭如吞针。倒不能怪金泽人对"小京都"的说法不太消受。

如果有一天你去金泽，不妨先别惦记这三个字。当然有时候，不愿意与人争，人却颇愿意来争你；也有时候你愿行东风，对方倒是春天后母面。加贺若不是一代雄藩，若不是让人想吞却骨鲠，想惹又怕一手刺，或许怎样的安静收藏都没有用；若它恭顺而弱小，或许难免终被取为一着棋的可割可弃的命运。

＊＊＊

如果有一天你去金泽，讲起来，好像也没有什么一定得看，也没有什么一定得买。

比方说，金泽富雅，以茶道与和子闻名，经常名列全日本甜点咖啡消费量前几名。那些点心的汉字命名与造型刻镂得逼人太甚：和三盆糖与干米粉制的小糕，称"长生殿"；做出四季花样的落雁糖，称"今昔"；春天的樱花最中，借景金泽文豪，名"泉镜花"。不过陆续买过一轮后，我总是劝朋友遇见它们不妨立地成佛。不过加贺棒茶是必须喝。

又比方说，金泽四时玲珑，雪里的兼六园与金泽城不错。晴天午后的长町武家屋敷也不错。春天去东茶屋街与西茶屋街，如果非得选，去东边，建议安排在下午到傍晚，以便一次走齐浅野川卯辰山日与夜的两种风景（你总不想还得分两趟来吧）。海未来图书馆有点儿远，时间不够也去不成。秋天吃蟹，尾山神社与近江町市场是步行五分钟的一直线，可以安排在同一个早上。而铃木大拙馆如僧人在万古中忽然明睁双目击出的一磬。

但金泽之美尽不在此。金泽之美偏偏在浓艳其外散淡其实，在正大仙容下的无心无意，它恰好与一份钉对钉榫对榫的行程正相反，于是旅行计划常常做到"几点几分"的我就成了自己的矛与盾：在形而下愈准确了，在形而上愈不准确。这逻辑很适合谋杀案。松本清张名作《零的焦点》就写在金泽，硬底子演员津川雅彦与草刈正雄，也曾合演过一部电视电影《旅情悬疑：金泽能登杀人周游》——不仅杀人，还要周游半岛地杀人……

我曾感到金泽像台南，后来发现，从另一头看，它跟台北也很相似：景点都去，当然很好，但或许一个也没去，更好。满地乱走，或者在河边的草地上躺着。或者搭公交车在市区绕圈圈。或者在一个非常想吃垃圾食物的早餐时间去吃麦当劳。

一回搭公交车参拜供奉珠姬的天德院（珠姬为德川庆喜之女，遣嫁前田利常，夫妇和好，回护两家苦心孤诣），一下车马上发现Wi-Fi机掉公交车上，当机立断拦出租车，请司机跟着某某号公交车的屁股一路往上追……追了两千多日元后，到了山腰上的终站，原来是一所地方大学，我千恩万谢将机器从公交车司机手上接过（校警在一旁莫名高兴得不得了），一回头才发现这里获地势之利，眼前是雪落如星的远山，白色大地一片清拙。云层银蓝冷媚。

后来就坐在那耽搁了半个早上。在金泽，没有任何时间是可惜的。

＊　＊　＊

对我而言，谈一个城市，无论亲疏爱恨，都非常难。我们活在一个街角未必比海角体己、海角未必比街角艰难的液态时空，哪个城市都显得满怀奔赴，都具备各式公共性质。然而你与它之间，到了最后，仍是极为私人的关系，所以不管如何讲与人听，都有人心隔肚皮之感，都有些百口莫辩。何况从谷歌街景车到我的手机中秒秒增生，裹满地球身体的影像，反而永久解开了各种神秘性的衣扣，一旦撤除了奇观与陌生感曾经为我们制造的同船之渡，从此，人与空间的事，就变得非常普遍，也非常个人，那最为个人的尖端又正指向于其普遍：所有人在各有长短利钝的身体里，以为看见了同样的事，可是所有人心中的同样，根本又不一样。

愈是光亮平坦，愈无法互相辨认，真是比全部的黑暗更加伸手不见五指了。

常常有人问我为什么喜欢金泽，我总是像这几千字的样子：说了很多，但自己又感觉什么也没有说完，又感觉什么都说不到。有时我坐在那里，心中一下子栩栩如生，一个关于金泽的瞬间如车祸横冲直撞而来。它们从来没有意义或前后文。或者是从深巷穿出时，光线仿佛推动着街道的样子。或者是站在十字街口等着过马路时空气的流动方式。但这些该怎么说呢？

也或许，谈日常喜欢的事，就像谈一个日常喜欢的公众人物，可以非常轻松，流利俏皮。然而谈有了情感的事，就非常拮据，像是谈一个，你觉得，以所有文字围绕都不足够的人。

像是你为什么爱了那人呢。尝试给理由都是假的。它最终的真相只是无话可说。

　　像是金泽极为多雨，年间雨雪降水日数，各种统计动辄一百七八十天（一年才几天呀），但我去时总日日好日，拍照给朋友看，朋友说那蓝真是蓝到天空要坏掉。挥霍一点福气，盘桓一周十天，等到回台北，它马上又下了雨。这也说不出什么原因。

　　离开是晚班机。下午搭上往机场的巴士，公路的右手边，日本海上积云总是临行密密缝。有一次车抵小松机场正门，一抬头，柔糯金质的雨云像煎年糕，被咬一口，夕阳光线油晶晶流射而出。四下无人，我拉着行李站在路中央默默看了半晌。当时我觉得，人类古老时候，无论各种信仰，都以为那后面有天使，这一点都不愚蠢。

　　如果有一天你去金泽，愿你也看见那阳光。有时候，说了许多煞有介事，又这样那样地去奔走，也不过是为了能在最后，站在一个没有人的地方，与自己谈一谈天使的事。